KB188443

나는 뻔뻔하게 살기로 했다

허정아 에세이

도서출판 청어

허정아 에세이

저자의 말

나의 불혹은 '질풍노도기'였다.
아픈 시간들 속에서 유일하게 나를
버티게 해준 수많은 작가님들의 글귀!
쓰고 또 쓰고……
불혹의 끝자락은 너무 소중해 잠을 잘 수가 없었다.
다시 오지 않을 시간들……
아픈 시간들은 너무도 치열했지만 지나고 나니!
참 가벼운 것이 되었다.
그 시간들을 잘 지내온 내가 예쁘다.

목차

2부
2017

3부
2018

4부
2019

5부
2020

사랑에는
한 가지 법칙밖에 없다.
그것은
사랑하는 사람을
행복하게
만드는 것이다.

- 스탕달

1부

2016

클로버 향기

2016년 5월 11일

"모임이 있는 날"

콧노래 부르며 탄천을 걸었다.

걷다가 예쁘게 피어난 클로버 꽃밭을 만났다.

갑자기 재미난 생각이 들어 클로버 꽃을 양손 가득 채취했다.

그러고는 코앞으로 끌어당겼다.

향이 너무 좋았다. 지금껏 클로버꽃도 향기가 난다는 걸 처음 알게 되었다.

오늘 만나는 그녀들은 알고 있을까? 나만 모르는 거 아닐까?

식당에 들어서니 모두들 와있었다.

탄천을 걸어오다가 클로버꽃을 채취해온 이유와 꽃향기가 이렇게 좋을지 몰랐다는 말에, 나처럼 몰랐던 사람도 둘이나 있고 둘은 알고 있었다.

우리는 내 소원대로 꽃반지 꽃시계를 차고 인증샷을 남겼다.

나는 오늘 새로운 걸 "하나" 알게 되었다.

캘리에 빠지다

2016년 5월 20일

"성남교육형" 학부모 동아리를 통해 만나게 된
"캘리그라피"
나는 캘리에 반해버렸다.
그냥 좋다.
작은 노트 한 권을 다 썼다.
"자음 쓰기"
쓰다 보니 새벽 4시가 넘었다.
연습한 글귀 중에서 마음에 드는
단어들을 도일리페이퍼에 옮겨 적었다.
예쁘다!

엄마, 캘리 그만해

2016년 6월 1일

초저녁에 잠이 들었다.

일어나서 시간을 보니 1시 48분이다.

꽃사슴은 공부 중이다.

물 한 잔 마시고 거실 탁자 앞에 앉았다.

탁자 위에 엽서가 한 장 놓여있다.

나는 웃음이 터지고 말았다.

고3 꽃사슴이 너무 사랑스럽다.

✲ 꽃사슴: 큰딸

로터리클럽 회장 이·취임식

2016년 6월 22일

코리아디자인센터에서 로터리클럽 회장 이·취임식이 있었다.

집오빠가 로터리 회장에 취임하신다고 며칠 전에 이야기 하면서 나도 참석해야 한다고 했다.

한복도 입어야 한다고도 했다. 마침 친한 동생이 미용실 원장이여서 미리 예약해두었다.

미용실에서 머리도 예쁘게 올리고 한복집에 들러 한복도 챙겨 행사장으로 갔다.

얼굴에 유난히 땀이 많은 나는 화장은 포기했다.

행사장으로 올라가니 사람들이 많았다.

세 군데 로터리가 합동으로 행사를 하는 거였다.

일단 화장실 한쪽에서 한복으로 갈아입었다.

행사장 안으로 들어서는데, 너무 덥다.

실내적정온도 시행 때문인지 대형 선풍기 몇 대가 돌아가고 있었지만, 가까이 있지 않으면 아무 소용이 없었다. 벌써부터 땀이 송골송골 맺히기 시작했다.

걱정이 태산이었다.

얼마나 많은 땀을 닦아야 할지……

더러 아시는 분들이 인사를 건네시며 예쁘다고 해주셨다.

한복도 예쁘고 머리도 예쁘다고! 행사가 시작되었다.

입장을 하고 단상 위에 마련된 의자에 앉았다.

조명이 달궈진 여름 한낮보다 뜨겁게 느껴졌다. 얼굴은 땀범벅이 되었다.

행사는 계속 진행되는데 무슨 말인지 귀에 하나도 들어오지 않았다.

앉아있으니 한복치마는 공기를 발까지 차단하고 한복맵시를 위해 입은 속치마는 솜이불 같았다.

단상 앞에는 많은 사람들이 단상을 바라보고 있었다.

눈치를 살피며 얼굴에 땀을 계속 닦았다.

식순이 끝나고, 단상 아래로 내려오자 차단되었던 공기가 한복치마 발목사이로 들어오는데 그 공기가 얼마나 고마운지!

대형 선풍기 앞으로 달려갔다. 시원한 바람은 아니지만, 조명 아래를 생각하면 그 바람도 좋았다.

집오빠는 내가 얼마나 고생했는지 모른다.

한복을 안 입었기 때문에 더더욱 모른다.

너무 힘들었던 오늘이다. 깊은 잠에 빠질 것 같다.

✻ 집오빠: 남편

판타스틱

2016년 7월 3일

유난히도 더운 여름!

오늘은 서울에서 상담세미나 우리 식구들을 만났다.

더위를 많이 타는 나는 집오빠께 태워다 달라고 물어봤다.

흔쾌히 태워다 준다고 했다.

부~웅!

출발해서 조금 갔는데, 길이 밀리기 시작했다.

혹시나 해서 일찍 출발했는데도 약속 시간이 가까워 올수록 마음이 불안했다.

드디어 만나기로 한 곳이 눈앞에 보인다.

다행하게도 늦지는 않았다.

차에서 내려 "태워다 주셔서 고맙습니다. 복 받으실 거예요." 꾸벅 인사하니 집오빠는 활짝 웃으며 잘 놀다가 와 하고선 부~웅 멀어져 갔다.

상담세미나 식구들과 합류했다.

뮤지컬 "판타스틱"은 너무 너무 즐겁고, 좋았다.

박수를 얼마나 많이 쳤는지 손바닥이 아프다.

가까운 식당에 들어가 맛난 것도 먹고, 이런 저런 이야기로 웃음꽃 활짝 피우며 시간 가는 줄 모르게 행복했던 오늘~

행복한 에너지로 열심히 생활할 것이다.

✲ 상담세미나: 방송대 청교과 동기들

여러 가지 도구를 이용해서 글씨 써보기

2016년 8월 2일

나는 나일 때보다 여러 가지 이름의 역할이 전부일 때가 더 많다.

집오빠에게는 아내이고, 아이들에게는 엄마, 울 친정 부모님께는 딸, 시부모님께는 며느리, 남동생들에게는 누나, 조카들에게는 고모, 제수씨, 시누이, 주변 동생들에게는 언니, 언니들에게는 동생…… 엄청나다.

결혼을 하고는 나는 많은 노릇들을 해내느라 너무 힘들었다.

그럼에도 또 그것들 없이는 내 삶은 아무것도 아니었다.

꽃사슴 학교 태워다 주고, 까실 양도 오늘은 모셔다 드렸다.

매일하는 일이지만 청소하고 빨래까지 널고 나니 나일 수 있는 시간!

오후! 믹스커피 2봉지를 머그컵 가득 타고 컴퓨터 앞에 앉았다.

방송대 학생이다, 나도……

공부해야 하는데 강의 하나 보고 책 조금 보다가 이미 먹물을 따르고 칫솔, 스펀지, 면봉, 이쑤시개, 송곳, 나뭇잎 등 여러 가지 모양의 붓을 준비하고 있었다.

지금까지와는 다른 글씨들이 써지고 먹물 양에 따라 도구들에 따라 달라지는 글씨가 정말 재미났다.

대만족이다. 정아 씨 파이팅! 해본다.

콜라보 아트

2016년 8월 5일

집에는 에어컨이 없다.

돈이 없는 것도 아닌데 에어컨을 안 산다고 집오빠랑 딸들은 불만이 많다.

며칠 사용하자고 들여 놓기가 애매해서 더워도 매년 여름을 그냥 넘어가곤 한다.

마침 오늘은 주말이기도 해서 꽃사슴이랑 집오빠 사무실에 갔다.

에어컨을 빵빵하게 틀고 상주에서 배워온 콜라보 아트를 욕심껏 만들어 보기로 했다.

그림을 못 그리는 나는 꽃사슴에게 밑그림과 채색을 도와 달라고 부탁했다.

꽃사슴이 도와주니 작업은 척척 진행되었다.

꽃사슴이 너무 멋졌다.

물감이 마르고 글씨를 올렸다.

완성하니 근사했다.

집오빠께서 잠시 들렀는데, 하나 달라고 했다.

넓은 사무실에서 시원하게 작업 했으니 얼른 한 작품 드렸다.

오늘은 꽃사슴이 너무 고맙고, 예뻤다.

하루를 꽉 채운 콜라보 아트.

오늘은 내 남은
인생 중에서
가장
젊은 날이다
2016
당신과
함께라서
행복합니다
2016.8

오늘은 내 남은
인생 중에서
가장
젊은 날이다
2016

실기고사

2016년 10월 3일

꽃사슴 실기고사가 있는 날이다.

꽃사슴 핑계 삼아 큰삼촌, 외숙모, 아빠, 까실 양까지 죽전 카페거리로 일찍 모였다.

꽃사슴과 나는 긴장감이 팽팽했지만, 여유로운 척 하며 여기저기로 이동하면서 사진도 찍고, 단국대로 일찍 도착했다.

꽃사슴이 실기고사장으로 들어가고 남은 우리는 시원한 그늘을 찾아 옹기종기 앉았다.

다른 부모님들도 마찬가지로 그늘을 찾아 여기저기 가득하다.

4시간 넘게 기다려야 해서, 나는 학교 이곳저곳을 걸어 다녔다.

동생네는 가고, 꽃사슴 아버님이랑 이런저런 이야기를 하다 보니 한두 명씩 실기고사를 마친 학생들이 나오기 시작했다.

아빠 엄마와 만나서, 시험주제가 이러쿵저러쿵 하면서 지나갔다.

한참 만에 우리 꽃사슴도 보인다. 안으며 '마무리 잘하고 나왔어?' 물으니 그렇다고는 하는데, 결과는 발표되어야 알 수 있으니 너무 수고 많았다고 말했다.

딸! 덕분에 눈부시게 빛나는 가을을 대학교에서 보낼 수 있었고, 아빠랑 이야기도 많이 했다고 하자 꽃사슴 표정이 밝다.

밝은 꽃사슴이 엄마인 나는 참 좋다.

제프란데스

2016년 10월 4일

베란다 청소를 했다.

화초 키우는 걸 유난히 좋아했는데, 점점 화분이 줄어든다.

게을러지고 있다는 증거다.

나와 인연이 되어 가장 오랫동안 베란다를 빛내주는 "제프란데스"

며칠 전부터 낌새가 보이더니 오늘은 활짝 웃고 있다.

처음에는 이름도 모르고 열심히 물만 주었는데, 3년 정도 지나서 어느 날 고운 향기와 함께 살며시 웃고 있었다.

그날부터 이름이 궁금해지기 시작했다.

찾다가 안 될 것 같아서 천지화원 사장님께 여쭤보니 "제프란데스"라고 알려주셨다.

이름이 참 예뻤다.

버려진 화분이었는데, 집으로 데려와 열심히 물 주다 보니, 기쁘게도 해주는 너. 앞으로도 오랫동안 나랑 살자.

물 줄 때마다, 웃으며 이야기해본다.

고등학교 동창회

2016년 10월 22일

1년에 한 번 있는 고등학교 동창회!

오늘은 짐이 많았다.

캘리그라피에 빠진 나에게 동창회장 찬영이가, 친구들과 나누게 기념품을 만들어 오라고 주문을 했다.

그래서 일주일 내내 부채 채색하고, 글씨 올리고, 텀블러 속지 일러스트 그리고, 글씨 쓰고, 포장까지 하느라 시간이 많이 걸렸다.

솜씨는 서툴지만 정성을 다했기 때문에 마음은 행복하다.

친구들이 모여 있는 식당에 도착하니 반갑게 짐을 받아주었다.

부채와 텀블러를 받아 든 친구들이 모두 좋아해줬다.

나는 친구들에게 이렇게 인사했다.

"서툰 솜씨지만 정성이 엄청 들어갔으니 이다음에 실력이 더 좋아져서 지금의 작품들을 보면 부끄러울 수도 있겠지만 오늘은 최고의 작품이었으면 해."라고 나의 이야기에 친구들이 아낌없이 응원을 해줬다.

딱 어울리는 문구들이 주인을 찾아 갔다.

단체사진도 한 장 찍었다.

동창회장 찬영아, 고맙다.

사랑하는 친구들아, 고맙다.

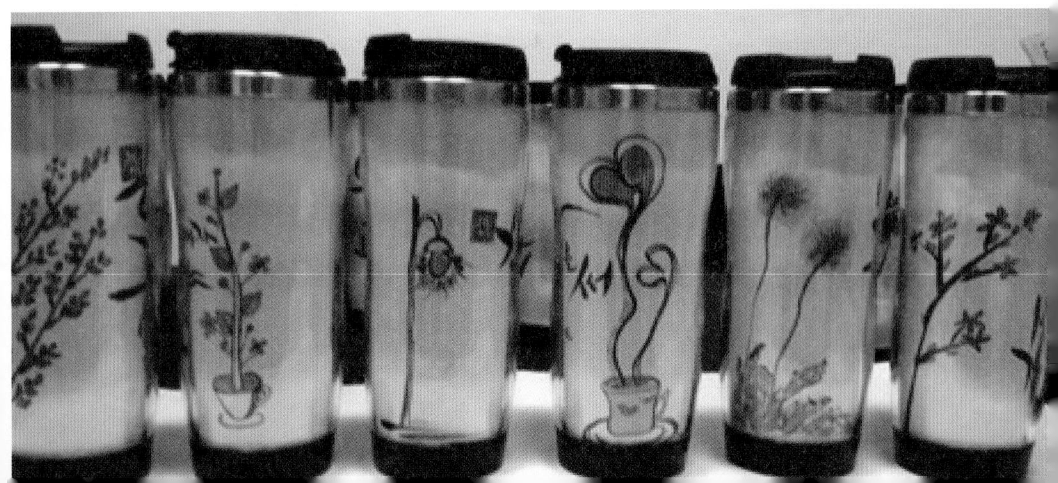

산책

2016년 11월 14일

오랫동안 잠에게 정복을 당하고 느지막하게 일어났다.

집오빠를 겨우 모시고 집을 나섰다.

20년 넘게 살면서 함께 걷는 건 처음이었다.

탄천은 걷기에 안성맞춤이었다.

조금만 더, 조금만 더 하다가 너무 멀리까지 가버렸다.

그렇다고 택시 타기도 그렇고 해서 다시 걸어서 여수동 갈매기살 식당에서 "소주 한잔 하자"라며 집오빠를 설득했다.

표정이 별로였지만 신경 쓰지 않고 앞으로 걷자 따라오기 시작했다. 살며시 웃음이 나온다.

집오빠는 이렇게 멀리 걸어본 적이 없을 것 같아서 더 웃음이 나왔다.

돌아오는 길은 차들이 쌩쌩 달리는 도로 옆을 택했다.

성남시청을 지나 여수동 갈매기살 식당에 도착해서 소주 한 잔 캬~

맛났다.

아이들 없이 둘이 먹으니 고기가 남았다.

배를 채우고 이런저런 이야기를 하니 식당에서 집까지는 금방이었다.

가끔 걷자고 했는데…… 그럴 수 있을까?

이렇게 많이 걸어보기도 처음이지만 그동안 같이 못 걸은 건 오늘로 퉁치기로 했다.

나만의 그녀들

2016년 11월 15일

미경 언니와 우순이를 나는 "나만의 그녀들"이라고 애칭 한다.

우리는 자주는 못 만나도 1년에 3번은 꼭 만난다.

"언니 생일, 내 생일, 동생 생일"

이렇게 만난 지가 오래 되었다.

오늘은 율동 공원을 한 바퀴 걷다가 햇살이 쏟아지는 벤치에 앉아서 언니에게 어리광을 엄청 부렸다.

따스한 햇살과 기분 좋게 스치는 바람은 자연스럽게 어리광을 도와주었다.

포근한 하루였다.

자원봉사

2016년 12월 13일

꽃사슴과 까실이가 초·중·고를 다니는 동안 엄마인 나도 함께 학교를 다녔다.

학교에는 많은 학부모 활동들이 있다.

(반대표, 총무, 학년대표, 녹색어머니, 폴리스, 급식모니터링, 교복은행, 학부모명예교사, 학부모회장, 학부모운영위원 등등)

녹색어머니 활동이 있는 날은 일찍 등굣길을 도와주는데, 우리 꽃사슴은 녹색어머니 활동을 할 때면 엄마에게 이렇게 말했다.

엄치척!

다양한 봉사활동을 거의 다해보았다.

힘들기도 했지만 가장 보람된 봉사활동은 ○○중학교 교복은행! 책임을 맡고 2년 동안 매주 나가서 학생들에게 도움을 주었던 그때가 제일 기억에 남는다. 모든 부모님들 바람처럼 우리 아이들이 학교생활에 잘 적응해주고 건강하게 성장해주기를 바라는 마음이었다.

많은 역할들을 하다 보니 부모로서 배우는 것도 많고, 사람들이 함께 하는 곳은 인간관계가 형성되다보니 문제점이 발생하기도 했다.

그 과정에서 따듯하게도 불편하게도 하는 감정들은 조금씩 조금씩 생각의 공간 속으로 들어와 오래 머물기도 했다.

오늘은 따뜻한 마음으로 다녀온 봉사이다.

교육청에서 내일 학부모 작품전시회가 있어서 미리 몇 분의 학부모님들과 풍선장식을 하기로 약속된 날이다.

전시가 열릴 곳에 도착해서 풍선장식도 정성껏 하고, 캘리그라피 부채도 서툰 솜씨로 몇 개 써드렸다. 정리하고 둘러보니…… 정성이 들어가서인지 예뻤다. 무엇인가 할 수 있고, 어느 곳에 쓰임이 되는 시간은 참 즐겁고 행복한 일이다. 함께한 학부모님들과 헤어져 돌아오는 길은 많이 뿌듯했다.

✲ 꽃사슴: 큰딸, 까실 양: 작은딸

골방

2016년 12월 25일

캘리그라피를 하면 할수록 욕심이 생겨 재료도 늘어나고 매일 늘어 두었다가 치우기를 반복하니 나만의 공간이 있으면 좋겠다는 생각이 자주 들었다.

며칠 전에 큰동생네 놀러갔다가 옆집이 이사를 갔는데 비어 있다는 이야기를 듣고, 마침 건물주께서 2층에 살고 계셔서 한번 보겠다고 연락을 드리고 들어가 보니 작지만 마음에 들었다.

바로 계약을 하고, 청소하고 도배도 하고, 짐을 하나둘 옮기니 집 거실은 넓어지고, 나만의 공간은 아담하게 채워졌다.

제일 먼저 은경언니에게 연락했다.

"언니! 언제든 놀러오세요." 언니가 그러겠다고 대답했다.

나만의 공간을 "골방"이라고 부르기로 했다. ^^

2부

2017

아쉬움

2017년 1월 18일

꽃사슴, 까실 양이랑 탄천을 걸었다.

아직도 갈대꽃이 그대로 남아 있다.

물 위에 오리도 있다.

우리가 걸어가는 방향 저 끝에서 조금 더 가면 "도깨비" 촬영지도 있다고 한다.

우리가 걷기 30분 전에 촬영이 있었다고 한다.

우리는 아쉬움의 탄식을 연발 쏟아내며 걸었다.

다행하게도 도깨비 아니고 저승사자 촬영이었다니 저승사자는 만나지 않아야 한다며 웃어보았다.

졸업식

2017년 1월 22일

2012년 봄 방송대 청소년교육학과 1학년이 되었다.

성남시학습관을 열심히 다녔다. 합격 통지서를 받고 기뻐했던 그때 첫 중간고사를 치른 그날, 2학년 1학기 기말고사를 마치고, 갈등했던 날들…… 호연지기 우리 스터디팀, 그리고 혼자서 많은 역할들을 해내야 하는 환경들이 주마등처럼 스쳐가는 오늘.

오늘은 성남시청에서 방송대 작은 졸업식이 있었다.

행사에 참석하고 싶었지만, 조금 늦게 신청하는 바람에 행사에 참석하지 못하고 동기들과 함께 찍은 앨범을 보며, 이번에 졸업하는 동생들과 통화를 했다. 서로 축하한다며~

꾸준하게 조금씩 공부하는 일은 결코 쉬운 일이 아니어서 딸들에게 공부하라는 말을 한마디도 안하게 되었던 5년.

2017년은 많이 의미 있는 해이다.

나는 오늘이 졸업식이고, 2월 6일에는 꽃사슴이 고등학교를 졸업하고, 2월 10일에는 까실 양이 중학교 졸업식을 한다.

내가 방송대 공부를 하는데 포기하지 않고 계속 할 수 있었던 이유는, 응원해주는 사람들이 있었기 때문이다.

스터디가 끝나면 집까지 태워다주며 늘 격려해줬던 현숙 언니!

과제물 제출기간이면 귀찮아하지 않고 엑셀 작업 열심히 해주며, 과제물 내용이 좋다며 파이팅! 해주던 막내남동생!

"언니 별건 아닌데, 언니 좋아하는 나물 했어. 밥 먹으러 와." 하며 가끔씩 맛난 밥 해주던, 화영이!

남동생과 화영이에게 고맙다고 전화를 했다.

나는 부족함이 많지만, 열심히 준비하고 내가 할 수 있는 일들을 하며 살아가는 동안 최선을 다하며 생활할 것이다.

나는 내가 참 좋다.

구정

2017년 1월 30일

어제 친정집에 도착해서 조금 지나니 바닷물이 빠지고 갯벌이 드러났다.

그 모습이 너무 예뻐서 사진을 몇 장 찍고, 운전 하느라 힘들었는지 일찍 잠이 들었다. 그래서인지! 새벽에 일어났다.

물 한 병 들고 산책을 나갔다가 너무 맑은 아침도 한 장 담았다.

그러고는 페이스북과 카카오스토리에 사진을 올리고 새해 복 많이 받으시라는 인사를 올렸다.

아침을 먹고 아부지, 엄니께 새배를 하기 위해 모였다.

3남매 손자 손녀들이 일렬로 서니 넓은 방이 좁았다.

차렷! 인사 하자 모두 큰절을 한다.

이어서 우리 아부지 "너희들도 복 많이 받고, 건강해라."

그리고 아이들에게 복돈 봉투를 하나씩 주셨다.

다음은 울 엄마의 '복돈' 폭탄이 이어지셨다. 아들 사위는 5만 원, 음식 준비하느라 수고한 며느리 딸에게는 20만 원, 손자손녀는 학년에 따라 ^^

명절에 "복돈" 받는 재미가 솔솔 하다며 아이들은 입이 귀에 걸린다.

나도 조카들에게 준비해간 복돈 봉투를 나눠주고, 꽃사슴, 까실이랑 아버님 산소에 다녀왔다.

부모님 뵈러 가며오며 도로는 혼잡하지만, 명절의 맛 아닐까 생각해본다.

동생들이랑 동네 친구들이랑 소주도 한잔 하고, 명절은 구수하다.

아롱이, 다롱이

2017년 3월 2일

집오빠 사무실에 강아지 두 마리가 들어왔다고 해서, 주말 아침에 집오빠 사무실에 갔다.

너무 예쁘다. 사진을 찍어 카카오스토리에 올려 이름 짓기 추천을 했다.

그중에 마음에 드는 몇 개를 골라 다시 추천.

드디어 이름이 지어졌다.

"아롱이, 다롱이"

까실이랑 매일 아침 보러 다니기로 했다.

✲ 아롱이

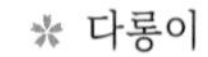

✲ 다롱이

상품권

2017년 4월 3일

대학생 꽃사슴이 엠티를 다녀왔다.

"엄마, 있잖아." 하면서 슬그머니 봉투를 하나 주었다.

봉투 안에는 상품권 두 장이 들어 있었다.

"그대 쓰셔여." 하니 엄마 꼭 주고 싶어서 열심히 준비해서, 열심히 장기자랑을 했다고 한다.

정말 재주 많은 그녀는 춤도 멋지게 잘 춘다.

많이 고마워하면서 받았다.

왠지! 뭉클했다.

그럼 예쁜 지갑 하나 사야겠다 하니 개나리처럼 밝게 웃는다.

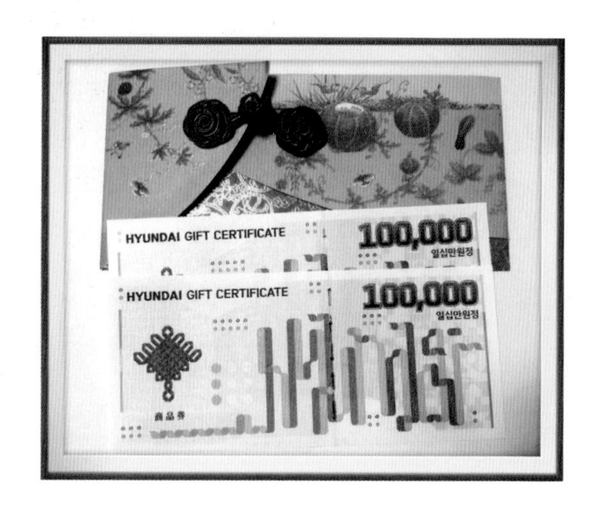

콩닥콩닥

2017년 4월 14일

일찍 일어났다.

○○고등학교 학부모 동아리 캘리그라피 강의가 있는 날이다.

강사료를 받고 하는 첫 강의.

며칠 동안 열심히 준비했지만, 아직은 서투른 나.

교감선생님께서 축하 인사를 다녀가시고, 열한 분과 마주했다.

가슴이 "두근두근"거렸다.

수업이 시작되었다.

시간은 빠르게 지나갔다.

수업이 끝나고 수업오신 학부모 한 분께서 떡을 해오셨다.

옹기종기 모여 앉았다.

학부모 회장님께서 사진을 보내주셨다.

앞으로 남은 시간들도 열심히 준비해 가야겠다.

지금도 콩닥콩닥거리는 가슴.

관매도

2017년 5월 3일~6일

오월의 첫 주.

긴 연휴가 시작되었다.

막내 이모네 가족과 관매도 가는 동안 날씨가 맑아서 아름다운 풍경들을 만날 수 있었다.

1시간 조금 더 걸렸다.

평소에 자매처럼 지내는 민희네 집에 짐을 풀었다.

모두 편하게 옷을 갈아입고, 외할아버지, 외할머니 산소로 갔다.

벌초를 깨끗하게 하고, 준비해간 음식을 간단하게 차리고 절을 올렸다. 우리 외할아버지, 외할머니께서 막내딸, 사위, 손자, 손녀들 왔다고 좋아하실 거라며 살아계실 때 외할머니 흉내를 내가 하자 한바탕 웃음바다가 되었다.

이모네 아이들과 꽃사슴, 까실이는 바다로 달려갔고, 이모랑 나는 백사장을 걸었고, 이모부랑 집오빠는 민박집으로 갔다.

관매8경 중 하나인 관매도 해변을 나는 무척 사랑했다.

외갓집에서 중학생 때까지 살았다.

집에서 솔밭 길을 지나면 펼쳐지는 바다는, 내가 외롭고 슬플 때 유일한 단짝 친구이기도 했다.

관매도에서는 자연산 돌미역이 많았다. 공동으로 관리하고, 똑같이 나누고 했던 그때가 떠오른다.

관매도에서 생활할 때는 봄이면 친구들과 "쑥, 달래"를 채취해서 팔곤 했었다. 일찍부터 돈 버는 일을 경험했다.

지금은 농사를 거의 짓지 않고 유채꽃이 장관을 이룬다.

'톳'이 관매도분들의 생활을 책임진다.

동이 트니 일찍 산책을 나갔다. 동네는 '일구, 이구, 장산편, 잔너머, 방아섬' 이렇다. 이구로 걸어갔다. 쑥 향이 난다. 쑥 농사를 짓는 분들이 계시는지 쑥밭이 몇 곳 있다. 처음 관매도에 온 것처럼 새롭다.

외할아버지께서는 내가 중학생일 때 돌아가셨다. 외할머니께서는 내가 관매도를 떠나고 조금 더 계시다가 진도 엄마 옆으로 나오셔서

지내시다가 83세에 하늘나라로 가셨다. 외할머니 유언대로 할아버지 곁에 모셨다.

매년 오전 배로 들어와 오후 배로 나오기 바빴는데, 올해는 여유롭게 있으니 너무 좋았다.

이번 휴가에는 고향에서 살고 있는 친구 순남이가 관매도를 배 타고 한 바퀴 구경시켜 주었다.

비도 내리고, 바람이 부니 아이들은 타지 않고, 이모부, 이모, 집오빠, 나, 순남이, 이렇게 배에 올라 출발했다.

하늘다리, 샛배, 방아섬, 각흘도, 서들바굴폭포, 해변 앞바다를 돌았다.

막내이모도 처음이라며 좋아했고, 이모부, 집오빠도 멋진 경치에 많이 감탄하며, 친구에게 고마워했다. 비를 맞으면서도 친구의 배려로 많이 행복했다.

나는 바가지 하나 들고 잠시 굴 앞으로 갔다 배말을 제법 따왔다.

민희 엄마랑 저녁 준비를 하고, 아이들 먼저 먹이고, 오늘 고생한 친구와 국립공원 주임인 후배 병언이랑 삼겹살에 배말국에 소주파티를 했다.

이런저런 이야기로 늦은 시간까지……

오월의 첫 주 긴 연휴는 많이 행복했다.

✻ 관매8경: 관매해수욕장(해변), 방아섬, 동묘와 꽁돌, 할미중드랭이굴, 하늘다리, 서들바굴폭포, 벼락바위(하늘담), 다리여

마로니에공원

2017년 5월 20일

서울에서 약속이 있는 날!

만나기만 하면, 웃다가 오는 날!

발걸음은 벌써 약속 장소에 있었다.

마로니에 공원에 도착해 예숙이에게 전화하니, 바로 근처에 있었다. 상담세미나 식구들과 하하 호호 하며 연극을 보러 이동했다.

"옥탑방 고양이"

연극이 끝나고, 맛난 것도 먹고, 꽃사슴도 만났다.

수업 마치고, 엄마한테 달려온 꽃사슴이 꽃다발도 선물해 준다.

꽃 좋아하는 엄마에게 자주 꽃을 선물해주는 그녀가 참 고맙다.

근처에 우리 학교가 있어 동기들이랑 잠시 들렀는데, 우연히 이봉민 교수님을 만났다. 이봉민 교수님과 단체사진도 한 장 찍었다.

사진은 꽃사슴이 찍어주었다.

오두산 통일전망대

2017년 5월 27일, 28일

통일교육주간으로 열리는 행사에 영경 샘과 캘리그라피 부스에서 이틀 동안 글씨 써주기 알바를 했다.

토요일은 오전 8시에 출발해서 준비하고 바로 시작해서 오후 5시까지 오늘은 오전 9시에 출발해서 준비하고 시작해서 오후 5시까지 평화통일을 기원하는 문구들을 준비해 갔지만, 현장에 가면 참여하시는 분들 희망하는 글귀가 다 다르다. 이틀 동안 고개를 제대로 들 수도 없을 만큼 많은 분들이 참여했다.

어제는 꼬맹이 남매가 이모 드린다며, 내가 만들어간 샘플 글씨 하나를 골라 나에게 준다. "왜 엄마가 아니고 이모냐?" 물으니 엄마는 하늘나라 가셨고, 이모가 자기들을 보살펴 주셔서 이모에게 드리고 싶다고 맨 아래에 "이모, 고맙습니다." 이렇게 적어 달라고 했다.

순간 울컥 했다. "그럼 샘이 두 사람 다 엽서 만들어 줄게, 사진 한 장 찍어줄래?" 했더니 그러란다. "오늘은 누구랑 왔어?" 물으니 아빠랑 왔다고 한다.

예쁜 눈 반짝이며 모델이 되어주었다.

오늘은 결혼을 앞둔 커플 한 쌍이 '상호'를 써달라고 했다.

곧 가게를 오픈 할 예정인데, 그분들은 내 글씨가 마음에 드신다고 하셨다. 열심히 써드리고 잠시 쉬고 있는데, 냉커피 한 잔을 건네주고 가셨다. 실력 좋고 경험 풍부한 영경 샘 하는 거 눈으로 배우면서 이틀을 캘리에 몰입해봤다. 알바비는 8만 원, 많지는 않았지만, 많은 사람들에게 희망 글귀를 적어 드릴 수 있었고, 좋은 경험이었다.

큰동생이 태우러 와줘서 나는 편하게 집으로 왔다.

긴장감이 풀려서인지…… 많이 피곤하다.

OO중학교 학부모 동아리 캘리그라피 강의

2017년 8월 31일

꽃사슴, 까실이가 졸업한 중학교에서 '8주'동안 캘리그라피 강의를 하게 되었다. 학교에 학부모로 봉사 활동은 6년 동안 다녔는데, 내가 좋아하는 '캘리그라피' 강의를 한다니 감회가 새로웠다.

학부모 회장님 인사가 끝나고, 열여덟 분과 함께 인사했다.

나의 인사는 "만나서 반갑습니다." 거울 앞에서 많이 연습했지만 어색했다. 오늘 학부모님들 중에는 친한 언니 동생들도 있어서 더욱 그랬다.

수업은 즐겁게 진행되었다. 교장 선생님께서도 잠깐 다녀가셨다. 수업이 끝나고, 돌아오면서 옆 동 동생이랑 함께 왔다.

동생이 웃으며 "언니! 멋졌어요!"라고 응원해줬다. ^^

16,800원의 행복

2017년 9월 29일

꽃사슴이랑 율동 공원 안에 커피숍에서 커피와 조각 케이크를 주문해서 받아들고, 날씨도 맑고, 바람도 좋고, 커피향도 좋으니 바깥 테이블에서 먹기로 하고, 마주 앉았다.

한참동안 이야기꽃을 피우다가, '책 테마파크갤러리'로 걸었다. 마침 오늘부터 동심화 작가이신 멍석 김문태 선생님의 전시회가 시작된다고 했다.

한글 571돌을 기념하는 선생님의 동심화 전시회.

책 테마파크 갤러리 근처에는 유치원에서 소풍 왔는지 아이들이 엄청 많았다. 사진 찍는 걸 좋아하는 나는 한 장 담아봤다.

선생님을 만났다.

작품들 설명도 해주시고, 선물로 작품도 한 점 주셨다.

선생님께서 인사동에서 전시회를 할 때에도 꽃사슴이랑 같이 갔었기 때문에 그동안 더 많이 친해져서 편하다.

선생님께서는 꽃사슴을 예뻐하신다.

꽃사슴과 함께하는 나들이는 항상 좋다.

꽃사슴이 엄마를 많이 배려해 주기 때문이다.

DIY 토탈 공예

2017년 10월 11일

오전에는 수정도서관에서 미래맘들과 캘리그라피 수업이 있었다.

수업을 마치고, 집으로 돌아오자마자, 택시를 타고 '국회'로 갔다.

택시 사장님께서 빠르게 친절하게 태워다 주셨다. 국회 로비 1층에서는 '대여협' 토털 공예 전시회가 열리고 있었다.

나는 '대여협' 분당 지부장이다. 오전에 왔어야 하는데……

로비에는 많은 작품들이 멋지게 전시되어 있었다.

전시회가 끝나고 저녁에는 시상식이 있었다.

나는 캘리그라피 부분 최우수상을 받았다.

“작품명: 아름다운 한글”

상장과 현금 10만 원을 받았다. 기분이 너무 좋았다.

국회의원님들도 많이 보고, 민희랑 화진이가 축하해주러 왔다.

너무 고마웠다.

오늘은 늦어서 그냥 보냈는데, 동생들에게 맛있는 밥 한번 사야겠다.

제 2017-1024 호

2017년 제1회

DIY 토탈공예 전국대회

최우수상 (페이스페인팅분과)

성 명 허 정 아

생년월일 1971년

작 품 명 [illegible] - 아름다운 한글

위의 사람은 2017년 제1회 DIY 토탈공예 전국대회에서 위와 같이 최우수상을 수상하였기에 이에 상장을 드립니다.

2017년 10월 10일

KWEA 대한민국여성능력개발협회
Korea Women's Empowerment Association

회 장 황 인 자

✲ 미래맘: 산모님들

✲ 대여협: 대한민국여성능력개발협회

사서 봉사

2017년 11월 6일

○○고등학교 사서 봉사 당번이다.

오늘 함께하는 봉사자 명예사서 선생님들은 친한 동생들이다.

새 책이 많이 들어왔다.

새 책 분실방지 테이프 붙이는 작업과 인장 작업을 했다.

이곳의 주인 사서 선생님께서는 멋진 분이시다.

나는 사서 봉사 일에는 많은 것을 배운다.

많은 지식에서 뿜어져 나오는 사서 선생님의 매력은 엄청 멋지시다.

사서 선생님과 만날 수 있는 봉사일은 참 좋다.

봉사 일에는 책 제목만 보고 오는데도 왠지! 지적인 내가 된 것 같기도 하다. 책을 많이 안 읽는 나에게는 더 그렇다.

오늘도 참 지적인 하루다.

킹스우먼

2017년 11월 24일

제53회 경기디자인대전.

1차 통과한 사람들은 경기 문화의 전당으로 작품을 제출해야 한다고 해서 18일에 꽃사슴이랑 함께 가서 제출했는데,

"김의정: 특선"

'꽃사슴, 너무너무 축하해!'

학교 공부하면서, 오랫동안 준비하는 과정을 알기에.

월미도

2017년 12월 6일

써니랑 캘리 수업을 마치고, 성남시청 옆 새로 연결된 길로 계속 직진하니 연안부두.

40분밖에 안 걸렸다.

조금 더 이동해서 월미도 한 식당에 들어가 햇살 가득 쏟아지는 창가로 앉았다.

음식을 주문하고, 나는 산사춘 한 병 시켜서 홀짝 홀짝 마시고, 써니는 물 한 잔씩 따라서 홀짝 홀짝.

둘이서 속 이야기 나누다 차 밀리기 전에 가자며, 식당을 나와 출발해 40분! 가까우니 자주 가기로 했다. 집으로 돌아온 나는 스크래치 삼매경! '꽃사슴', '기린'까지 완성하고 나니 새벽이다.

믹스커피가 참 맛있는 시간!

산사춘

송년회

2017년 12월 9일

집오빠 사무실 송년회가 오늘 있다고 해서 1년 동안 수고하신 사무실 직원 분들 “캘리&향초”를 선물로 만들어봤다.

이틀 동안 밤을 새웠다.

포장까지 마치고 송년회 장소에 들렀다.

사회 보시는 분께서 굳이 무대로 오르게 했다.

한 분 한 분께는 약소하지만 정성 가득 담았다며, 기분 좋은 선물이 되었으면 합니다 하고 내려오려는데, 노래도 한곡 불러야 한단다. 빼지 않고 김혜연의 “유일한 사람”을 부르고 도망치듯 그곳을 벗어났다.

당신은
꽃보다 예쁜 당신
행복한 하루 되세요

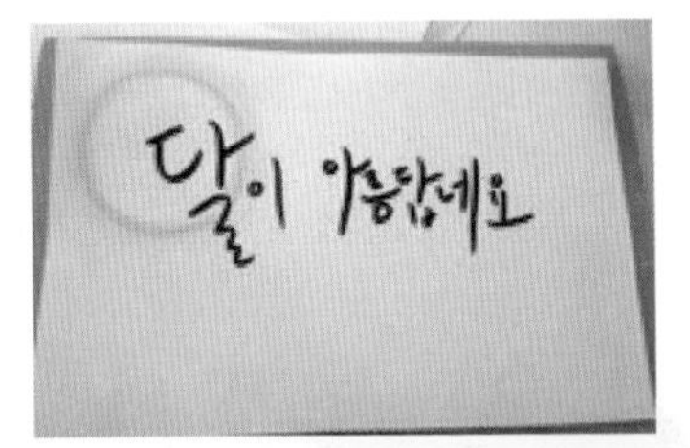
달이 아름답네요

자세히 보아야
예쁘다
오래보아야
사랑스럽다
너도 그렇다

할트

기분이 좋아!!

메리
크리스마스

메리크리스마스!!!

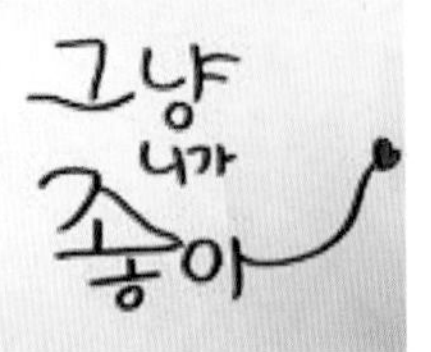
그냥
니가
좋아

핱트

2017년 12월 14일

○○중학교 진로부장 선생님께서 “3학년 전환기 프로그램”으로 캘리그라피 재능기부를 부탁하셔서 재능기부를 했는데 올해도 3학년을 대상으로 재능기부를 하게 되었다.

간단한 글씨 연습 후 작품을 해보는 시간을 가졌다.

어떤 수업이 기억에 남고 좋을까 고민하다가 향초&캘리를 하기로 했다.

글씨를 쓰고 향초에 붙이는 것까지는 학생들이 할 수 있지만, 열 작업은 화진 샘과 우순 샘이 열심히 해주셨다.

열 작업 마친 작품들은 포장을 했다.

학생들과 마무리를 하고 마주보며 말했다.

“3년 동안 수고했고, 선물이야 고등학생 되어서도 건강하자.” 했더니 아주 좋아해 주었다.

학생들 작품은 언제나 사랑스럽다.

기다림

2017년 12월 24일

경옥 샘은 작품하고 나는 기다리면서, '향초&캘리' 몇 개를 만들었다.

까실 양 학교에서 바자회가 있다고 해서 재능기부로 조금이나마 마음을 보태기로 했다.

비닐포장 마치고, 조금 더 기다리자 그녀는 멋진 작품을 완성했다.

그림을 참 잘 그리는 그녀!

덕분에 눈이 즐겁다.

행복한 기다림이었다.

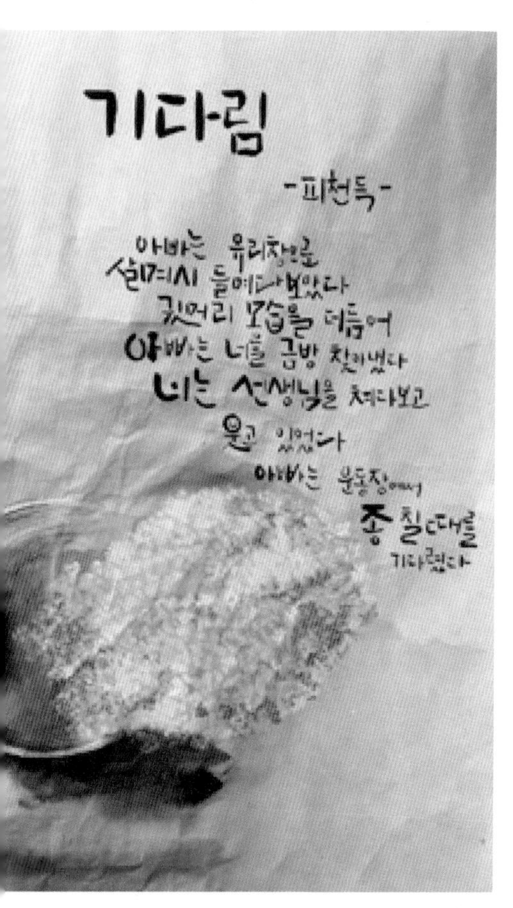
기다림
-피천득-
아빠는 유리창으로
살며시 들여다보았다
귓머리 모습을 더듬어
아빠는 너를 금방 찾아냈다
너는 선생님을 쳐다보고
웃고 있었다
아빠는 운동장에서
종 칠 때를
기다렸다

작은 ♥
행복

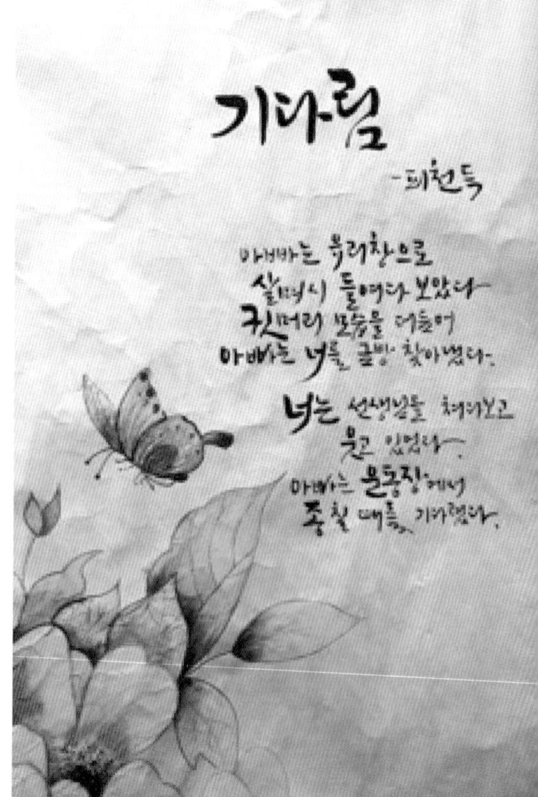
기다림
-피천득
아빠는 유리창으로
살며시 들여다 보았다
귓머리 모습을 더듬어
아빠는 너를 금방 찾아냈다.
너는 선생님을 쳐다보고
웃고 있었다.
아빠는 운동장에서
종 칠 때를 기다렸다.

문화가 있는 날

2017년 12월 27일

수정도서관 로비에서 문화가 있는 날 '캘리그라피'

글씨 써주기 행사가 있었다.

화진 샘이랑 즐겁게 하고 왔다.

도서관에서 예쁜 액자까지 준비해 주셔서 행사에 참여하신 분들이 더 좋아 하셨다.

정해진 시간이 끝나고 도서관에도 두방지에 몇 개 써드렸다.

행사 담당하신 샘께서 좋아해 주셨다.

나눔대상

2017년 12월 28일

이른 아침 까실 양 학교에 갔다.

바자회 장소에 "풍선장식" 조금 하고, 까실 양도 잠깐 만났다.

'야패스' 공연 연습하다가 엄마 보러 들렀단다.

사진도 한 장 찍어주고 갔다.

고등학생이 되면, 열심히 공부 한다더니…… 춤바람 나서 춤을 더 열심히 춘다.

바자회 스타트 해주고, 집에 오니 11시가 조금 넘었다.
부지런히 준비하고, 국회로 갔다.
수상자가 많아서 오래 걸렸다.
더더구나 가나다순이어서 나는 맨 끝에서 두 번째였다.
큰 남동생, 올케, 조카, 꽃사슴이 긴 시간 함께 기다려 주었다.
오늘 수상자 중에 방송인 '최란' 님이 계셨다.
'최란' 님과 조카와 사진도 한 장 찍었다.
협회 회장님께서 추천해 주셨는데, 너무 감사했다.

2017년 제1회 대한민국국회나눔
일 시 : 2017년 12월 28일(목) 오후 3시~
장 소 : 대한민국 국회 헌정기념관 2층 대강당
주 최 : 대한민국국회나눔대상위원회
주 관 : 대한민국국회나눔포럼
후 원 :
2017년 제1회 대한민국국회나눔대상

3부

2018

해피뉴이얼

2018년 1월 1일

큰 동생, 막내 동생 식구들과 뭉치니 13명이나 되었다.

2017년 12월 31일부터 2018년 1월 1일을 연결하면서 기쁘게 새해를 맞이했다.

2018년이라고 쓰니 어색하다.

한동안 2017년이라고 쓸 것이다.

2018년도 건강하게 잘 채워 나갈 것이다.

동생들 보내고, 다음 주 캘리 수업 준비도 하고, 무드등에 글씨를 쓰고, 색깔이 바뀔 때마다 사진 찍는 재미.

예쁘다.

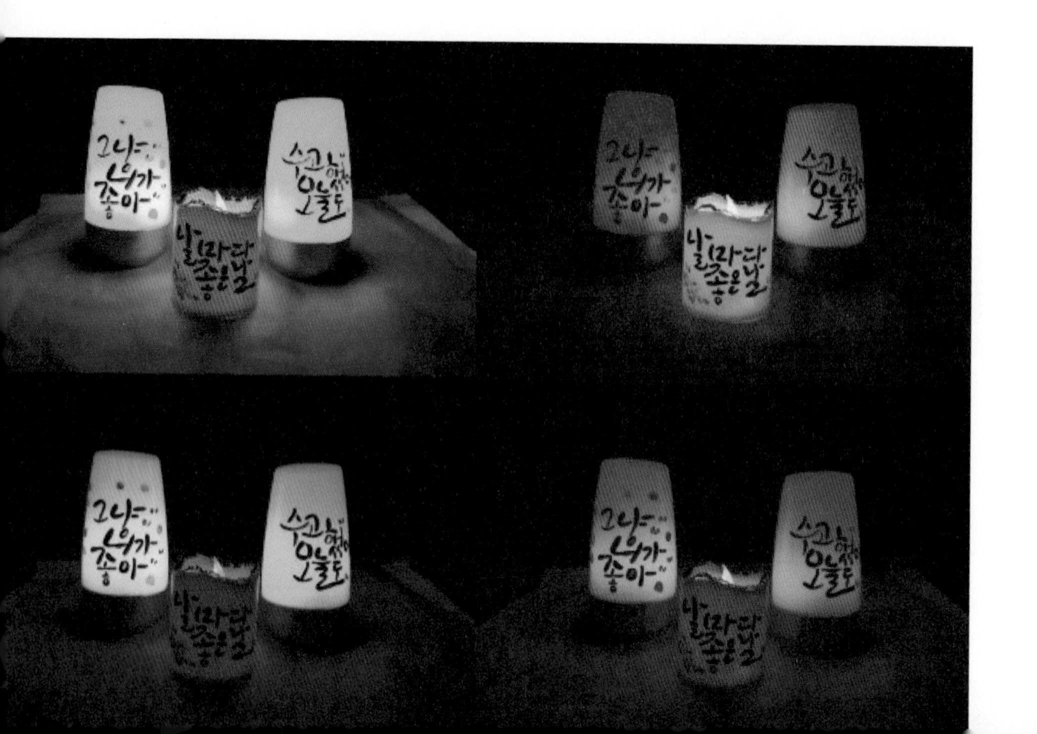

수정도서관

2018년 1월 16일, 17일, 18일, 19일

수정도서관 캘리그라피 교실에서 수업 준비를 하고 있는데, 아가들이 한 명씩 들어왔다.

올해 3학년, 4학년 될 초등학생들이다.

즐겁고, 쉽게 배울 수 있게 하려고 며칠을 생각하며 준비했다. 15명 정원인데, 감기에 걸려서 못 나온 학생들이 있다고 담당 선생님께서 말씀하셨다.

오늘은 9명의 학생들과 수업을 시작했다.

자기소개도 하고, 캘리그라피에 대해서 간단하게 설명해주고, 자기 글씨체로 짧은 문장을 먼저 쓰게 하고, 그 글을 다른 방법으로도 써보게 하고, 포인트 글씨도 써보게 했는데, 너무 잘했다. 거침이 없었다.

그동안 중학생, 고등학생 학부모님들과는 완전 다르다.

질문도 엄청 많이 했다.

'선생님'을 백번도 넘게 들은 거 같다.

너무 즐거워한다. 쌍둥이 형제는 태권도 학원 안 가고 캘리그라피를 배우러 왔다고 했다.

덩달아 나도 3, 4학년이 되었다.

숙제로 좋아하는 동시 한 편씩 써오라고 했다.

내일이 기다려진다.

수호랑 반다비

2018년 1월 26일

"협회 상반기 지부장 연수"

일산 지부장님의 풍선아트 특강이 있었다.

"수호랑 반다비"

평창 동계올림픽 마스코트니 우리도 한번 배워보았다.

여러 가지 공예와 토퍼 솜사탕공예 등등.

오늘은 "수호랑 반다비"가 인기 최고!

지방에서 오신 지부장님들은 숙소로 이동했고, 집이 가까이 있는 지부장님들은 내일을 위해 헤어졌다.

내일도 당산역 2번 출구 협회 사무실은 뜨거울 것이다.

영상 2도

2018년 1월 28일

제주에 도착해서 시간을 보니 10시 59분

제주도는 "영상 2도"

바람은 엄청 불었지만, 춥지 않고 푸근했다.

제주도를 너무 좋아하지만 쉽게 올 수가 없다.

1년에 계절별로 한 번씩 오고 싶다. "봄, 여름, 가을, 겨울"

이번에는 3박 4일 동안 멀리 다니지 않고, 애월읍에서 보내기로 했다.

맛있는 음식 먹고 편안하게 쉬었다 가는 게 목적이다.

꽃사슴과 까실이는 늦잠을 자겠다고 한다.

시장도 넉넉하게 봐왔고 고기도 많이 사왔다.

함께 저녁을 준비하고, 집오빠랑 나는 소주 한 잔!

두 따님은 맥주 한 잔!

치우고 아이들은 핸드폰 삼매경 집오빠는 운전하느라 힘들었는지 티비 앞에서 잠이 들었다.

나는 밖으로 나왔다.

눈이 내리기 시작했다. 한참을 왔다갔다 변화무쌍한 제주 날씨! 그래도 좋다.

서울웨딩홀

2018년 2월 18일

우리 아부지 엄니는 결혼식을 안 하셨다.

안하셨는지 못하셨는지는 한 번도 물어보지 않았다.

그런데 자꾸 마음이 쓰였다. 그래서 동생들에게 아부지 엄니랑 가족사진이라도 찍자고 하니 다들 그러자고 했다.

준비는 알아서 하겠다고, 동생들은 양복 준비 하라하고 올케들은 한복을 빌려줬다.

진도 서울웨딩홀 예약하고, 정 미용실도 예약하고, 꽃집에 부케도 부탁드렸다. 진도에 도착해서 옥대 이모부님께도 말씀 드리고, 이제

남은 일은 부모님께 말씀 드리는 일 조심스러웠다.

어제 점심을 먹고 아부지, 엄니께 드릴 말씀이 있다고 하니 무슨 이야기인데 하고 물으셨다.

그래서 두 분 결혼식 사진이 없어서 늘 생각은 했는데, 살기 바쁘다는 핑계로 지나갔는데, 아부지는 턱시도 입고, 엄마는 웨딩드레스 입고, 사진 한 장 찍으시자 말씀 드리니……

엄니는 말씀이 없으시고, 아부지는 한참 생각하시더니 엄마 의견을 따르시겠다고, 하시면서 다 준비 했으면, 안한다고 할 수도 없네! 하셨다. 휴~

오늘은 일찍 엄마를 모시고 미용실로 갔다.

미용실 사장님께서 축하해 주시면서 머리도 화장도 예쁘게 해주셨다. 그사이 나는 꽃집에서 부케를 찾아왔다.

이모랑 막내 올케도 드라이를 마치고, 웨딩홀로 갔다. 웨딩홀 사장님과 사모님께서 준비해주시는 동안, 우리도 한복으로 갈아입고 웨딩홀로 들어가니 웨딩홀은 깨끗하고, 근사했다.

진도이모네 가족도 다 모이고, 아부지는 턱시도를 입으시고, 엄니는 드레스를 입으셨다.

신랑, 신부는 마차를 타고 등장했다.

너무 잘 어울렸다.

신랑, 신부가 계단을 내려와 입장하는 위치에 멈추셨다.

"신랑, 신부" 입장!

우리는 환호성과 함께 박수를 치기 시작했다.

진도 이모네 4남매, 우리 3남매가 모이니 예식장은 가득 찼다.

꽃사슴의 축하공연이 있었다. 무조건 멋졌다.

"신랑, 신부 행진" 또 많은 박수가 쏟아졌다.

신랑, 신부는 어제와는 다르게 기분이 좋아보였다.

동생들이랑 슬쩍 마주보며 우리도 웃었다.

저녁에는 이모네 가족과 준비해둔 음식들로 웃음꽃 피우며 늦은 시간까지 술잔이 오고갔다.

이모부님께서 "참 잘했다."고 살짝 말씀해주셨다.

가슴 한 곳이 따뜻하게 채워지고, 가볍게 비워졌다.

앞으로 나는 나를 위한 시간을 많이 만들 생각이다.

백련

2018년 2월 20일

- 위험은 있으나 사납지 않고 부드럽다

고등학생 등교시켜주고 화진 샘이랑 만났다.

영월 김삿갓면 들모랭이길 "초당서원"으로 주소를 입력하고 출발했다. 영월 초당서원 현석 선생님의 초대로 가게 되었다.

초당서원에 도착하니 선생님들께서 반겨주셨다.

조금은 어색하기도 했지만, 다행하게도 나랑 비슷해 보이는 젊은 샘도 두 명 있었다. 이야기를 하다가 자연스럽게 물어보니 한 명은 나랑 갑장인 자령 샘이고, 한 명은 동생인 소란 샘.

소란 샘과 나는 아호 현판 전수식을 같이 했다.

성남에서 영월까지 공부하러 다니시는 담주 샘도 만나게 되었고, 성남이라고 하시니 더 친근하게 여겨졌다.

현석 선생님께서 "백련" 어떠냐고 물으셨다.

마음에 쏙 들었다. "마음에 듭니다."라고 대답하자 곧바로 종이를 펴고, 아호 현판을 써주셨다.

초당서원에 모인 현석 선생님의 제자선생님들과 단체 사진을 남기고 바로 출발했다. 함께 동행해준 화진 샘과 부지런히 달려 분당에 들어서니 오후 다섯 시가 조금 넘었다.

나는 "백련"이다.

아직은 차갑다

2018년 4월 13일

영월을 다녀온 후로 하루도 쉬지 않고, 한반도미술대전 작품 준비를 했다.

전지나 반절지에 작품을 해야 하는데 막막해서, 멍석 김문태 선생님께도 다녀오고, 매일 큰 붓을 연습해 보았다.

엄청난 양의 화선지가 버려지기를 두 달 정도 하고 나니 붓의 느낌은 알겠는데…… 욕심처럼 글씨는 써지지 않았다. 먹과 물의 양을 잘 조절하지 못해서 너무 번지거나, 쓰다보면 글씨가 틀리거나 점점 힘이 들고 포기하고 싶기도 했다.

그래도 한 번쯤은 공모전은 해봐야 하지 않을까 라는 생각에 다시 해보기를 반복했다.

성남 사는 담주 샘, 함께 작품한 화진 샘이랑 영월 초당서원에 작품을 접수하러 갔다. 셋이서 작은 칼국수 집에 들러 점심을 간단하게 해결하고 서원에 도착했다.

서원에는 자령 샘, 소란 샘이 열심히 공부하고 있었다.

나는 화진 샘이랑 자연으로 달려갔다. 흐르는 물을 보자 바로 발을 담갔다. 이런! 아직은 물이 많이 찼다. "아이, 차가워." 하니 화진 샘이 웃으며 장난을 친다. 잠시 자연을 만끽하고 서원으로 돌아오니 수업을 쉬고 계시던 선생님께서 작품들을 펼쳐 보라고 하셨다.

갑자기 긴장감이 밀려왔다. 처음 한 작품 치고는 괜찮다고 하셨다.

그리고 종이 한 장을 펴고, 간단하게 이론 공부를 해주셨다.

오늘도 두 시간 정도 있다가 출발해야 했다. 함께 온 담주 샘께서는 공부 하시고 따로 오시기로 하고, 화진 샘과 나는 서둘러 출발했다.

출발하기 전에 자령 샘, 소란 샘과 사진 한 장 찍었다.

화진 샘이랑 집으로 오면서 언제 시간 넉넉하게 날 잡아 영월로 여행 오자고도 약속했다.

집에 도착해서 조금 쉬었다가 함께 열심히 작품 준비했던 영경 샘과 경옥 샘께 작품 잘 접수했다고, 그리고 그동안 수고 많았다는 안부 인사를 하고, 집오빠도 꽃사슴도 까실 양도 밖에서 저녁을 해결하신다하니 마음 편하게 먹물을 듬뿍 따랐다.

수진공원

2018년 4월 18일

골방 청소를 깨끗이 하고, 수진공원으로 운동을 나갔다.

하늘도 맑고 공원은 온통 푸르다.

수진공원 산책로를 오르락내리락하다보니 땀범벅이 되었다.

바람도 시원하고, 상쾌했지만, 유난히도 더위를 많이 타고, 땀이 많은 나.

골방으로 돌아와 샤워를 하고 동생네 가서 냉커피 진하게!

한잔 했다. 운동하고 먹어서인지! 따뜻한 커피만 먹는데, 오늘 냉커피는 엄청 맛있었다. 자주 걸으러 나가야겠다.

조마조마한 시간

2018년 5월 29일

수정도서관 산모님들과 마지막 수업이 있었다.

4월 24일부터 시작해서, 오늘까지……

언제 진통이 올지 몰라서 조마조마한 시간!

그래서 강의계획서대로 수업을 못하고 조금씩 수정해서 수업을 했다.

작년 산모님들께서 보고 싶다고 도서관으로 오시기로 했다.

“일찍 오셔서 머그컵 꾸미기” 하고 가셔요 했더니 세 분이 아가들 안고 방긋방긋 웃으며 오셨다.

너무 반가웠다.

그래도 작년에 해보셨다고, 잘들 하신다. 아가들은 엄마가 하는 동안 울지도 않고 잘도 웃었다. 왠지! 뿌듯했다. 모두 건강하세요. 인사하고 담당 선생님께도 인사드리고 집으로 돌아왔다.

나문재 팬션

2018년 5월 4일~5일

3월 4일 오전에 전화를 해서 예약을 하려고 하니 예약이 마감되었다고 했다. 안되겠다 싶어서 큰 남동생과 찾아갔다.

찾아가서 사정을 설명하니 제일 큰 연회장을 보여주셨다.

날짜를 하루 앞당기고 예약을 마쳤다.

어느 날 혼자서 갔다가 너무 예뻤던 나문재 팬션.

올해 칠순이 되시는 울 엄니 생신은 여기에서 하고 싶었다.

매일 눈뜨면 바다와 산이 함께하는 시골집 분위기와도 비슷하고, 그래서 이곳으로 정했다. 예약을 마치고, 동생이랑 집으로 오는 길에 산낙지 칼국수 집에 들어가 탕탕이도 한 접시 먹고, 칼국수도 맛있게 먹었다.

밖에 나가 바다를 보며 자판기 커피 한 잔도 마시고 집으로 돌아왔었다.

며칠 동안 선물도 준비하고, 바쁘면서도 설레곤 했다.

"윤연단 여사님: 딸 하나 아들 둘, 김복자 여사님: 아들 하나 딸 둘"

두 분은 동갑이시고, 생일도 같으시다. 의견을 맞추고, 이렇게 모이기로 약속했다. 나는 일찍 도착해서 풍선장식도 하고, 여기저기도 살피고 있는데, 진도에서 출발한 부모님들도 도착하셨다. 연회장은 방도 여러 개 있어서 많은 사람이 함께 하기에 안성맞춤이었다.

6남매가 모이니 시끌벅적 하지만 좋았다. 각자 조금씩 나누어서 음식을 준비해 왔다. 넓은 테라스도 좋고 사람이 많으니 두 엄마들도 좋아 하시고, 남동생이 요리도 척척, 조카들에게도 인기 만점.

밤도 익어가고 분위기도 익어갈 무렵 막내이모랑 이모부님도 오셨다.

우리는 2차로 한잔 더하려고 테라스로 옮겼다.

두 분 즐겁게 해드리기 위해 아들, 딸, 사위, 며느리, 손녀, 손자들이 장기 자랑을 시작했다. 정말 재미나고 즐거웠다. 한쪽에서는 남동생이 열심히 안주도 만들어 나르고 배가 불러도 먹고, 또 먹었다. 내일 아침은 안 먹어도 배고프지 않을 것 같았다. 하나 둘 자리를 뜨니 나도 막냇동생과 주변을 정리하고 잠시 산책도 했다.

이렇게 모이기가 쉽지 않은데, 참 뿌듯한 오늘이다.

젊음의 행진

2018년 5월 12일

상담세미나 식구들과 뮤지컬 젊음의 행진을 보고, 포토존에서 추억을 떠 올리며, 사진도 찍고 저녁까지 해결했다.

이번에는 열두 명만 참석했다.

조금 아쉬웠지만, 모인 우리는 많이 웃는 하루였다.

다음에는 많이 모였으면 좋겠다.

선재낚시터

2018년 5월 19일

어제는 남동생 가족들과 낚시터에 갔다.

사람들이 엄청 많았다.

그동안 동생이 다니던 곳이 아니고 이곳은 새로운 낚시터였다.

도착해서 간단하게 저녁을 먹고 나니 어느새 어둠이 찾아왔다.

사돈 엄마도 함께 가셔서 한참 이야기하다 주무시고, 올케도 조카들도 자고, 점퍼 하나 껴입고 동생 옆에 앉았는데, 고기는 잡히지 않고 밤 풍경만 예뻤다.

사람책

2018년 7월 23일

현정 샘께서 성남시청에서 "사람책" 연수가 있는데, 신청해 주신다고 한번 참여해 보라고 하셨다.

성남시청에 도착해서 "사람책" 연수가 진행될 장소를 찾아갔다.

그곳에서 류재순 소장님을 만났다. 세상은 넓고 좁다.

팀을 만들어야 하는데, 동그란 테이블에 4명이 자연스레 한 팀이 되었다. 새로운 경험 새로운 장소 새로운 배움은 늘 엉성하다.

꾸미기도 해보고 내가 책이면, 어떤 제목을 하겠는지 쓰고, 그 제목에 맞게 발표하는 시간이었다.

세방낙조

2018년 8월 6일

꽃사슴 꽃사슴베프 까실이와 진도에 왔다.

어제는 운전 하느라 힘이 들어서 저녁 먹고 바로 잠이 들었었다.

오늘은 드라이브하기로 했기 때문에 일찍 깨우고 동네 한 바퀴, 그리고 믹스커피 한 잔을 먹었다.

날씨가 너무 더우니 이번에는 집에서 음식을 최대한 해먹지 않기로 했다.

내일은 관매도 외할아버지, 외할머니 산소에 다녀와야 해서 오늘은 여유롭게 놀기로 했다.

가계해수욕장 신비의 바닷길 근처 카페에서 시원한 음료수 한 잔 하고, 운림산방 그리고 진도대교 근처 자장면 집에서 아부지와 만났다.

아부지께서는 콩국수를 시키셨는데, 그릇을 깨끗하게 비우셨다.

엄마는 이모님들과 여행을 가셔서, 아부지와 이렇게 밥 먹기는 처음인 거 같다. 점심 식사가 늦어져서 다 드셨구나 생각했는데, 아부지께서 콩물과 콩국수를 좋아한다는 걸 알게 되었다.

내일도 콩국수 드시러 올까요? 하니 그러자고 하셨다. ^^

더워서 드라이브 그만하고 집에서 쉬기로 했다.

에어컨 아래서 자유롭게 시간들을 보냈고, 날씨가 너무 좋으니 낙조 시간을 검색했다. 우리 집에서 세방낙조까지는 1시간 정도 걸린다.

딸랑구들과 미리서 출발했다.

세방낙조 가는 길도 예뻤다. 바쁘게 다녀가느라 집 근처에서만 해가 뜨고 지는 걸 보곤 했다.

도착하니 사람들이 많지 않아서 좋다.

조금 기다리자 낙조가 시작되었다.

딸랑구들은 감탄사를 쏟아내며 사진 찍기 삼매경.

나도 사진 몇 장 담고 돌아오는데, 어두워지기 시작하더니 아예 한밤중이 되어버렸다. 부지런히 집에 도착하니 외삼촌 큰아들 동옥이가 도착해 있었다.

저녁 먹고 일찍들 자고 나는 관매도 갈 물건들을 챙겼다.

정자카페거리에서

2018년 8월 16일

오늘은 얼마나 더울런지!

걱정하며 정자동 카페거리 행사장으로 갔다.

다행하게도 바람이 시원하게 불어오는 입구 넓은 통로에 테이블이 준비되어 있었다.

축제여서 그런지 귀에 익은 음악에 몸도 흔들어 봤다.

써니랑 2시간동안 열심히 봉사하고 정리하고 있는데, 현정 샘이 오셨다.

그래서 한 장 찰칵!

KB손해보험 육성지점

2018년 9월 4일

며칠 전에 정현이에게서 전화가 왔다.

오랜만에 걸려오는 반가운 이름이라 씩씩하게 전화를 받았다.

나: 여보셔욤~ ^^

정현: 언니, 바빠요?

나: 아니 하나도 안 바빠요!

정현: 언니, 부탁 하나 드려도 돼요?

나: 네, 하세요~

정현: 그럼 우리 교육생들 캘리그라피 강의 한번 해주세요.

나: 콜~

정현: 언니 강사료는 못 드려요. 점심은 제가 사드릴게요.

나: 그러자~ 그럼 주소랑 날짜, 시간 알려줘.

그리고 오늘 다녀왔다.

그 어느 곳보다 배우시려는 열기가 뜨거웠다.

강의를 마치고, 동생이랑 맛있게 밥 먹고, 동생은 일해야 하니 부지런히 집으로 돌아왔다.

〈언니, 정말 감사드려요.〉 하고 문자가 왔다.

〈나도 고마워.〉 하고 답장을 보내 주었다.

KB손해보험
캘리 감성을 두드리다
일시: 9월 4일 화요일 10 00 시~ 12 00시
장소: 10층 인문교육장
강사 허 정아

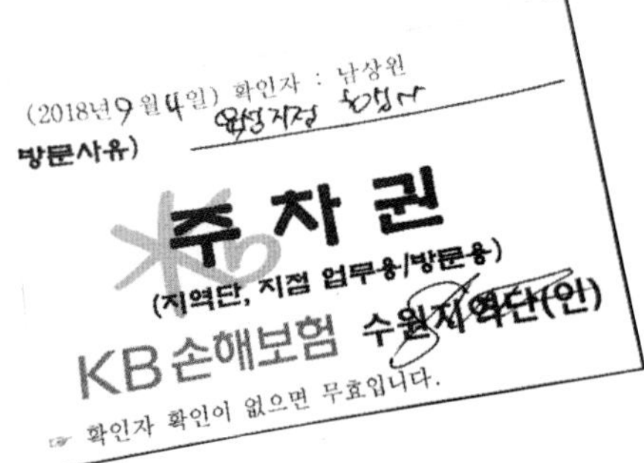
(2018년 9 월 4 일) 확인자 : 남상원
방문사유)
주 차 권
(지역단, 지점 업무용/방문용)
KB손해보험 수원지역단(인)
확인자 확인이 없으면 무효입니다.

꽃차

2018년 9월 19일

날씨가 시원해졌다.

미루던 산책을 시작했다.

산책을 마치고 돌아오는 길에 단지에 작은 놀이터 그네가 눈에 띄었다. 꽃사슴이 자주 타는 그네!

나도 앉아 보았다.

그네가 왔다갔다 바람도 왔다갔다.

향긋하게 느껴지는 바람을 뒤로 하고 집으로 들어왔다.

며칠 전에 구입한 꽃차 한 잔을 아끼는 잔에 피웠다.

향도 좋고 시음 할 때보다 맛도 구수했다.

시원해지는 가을밤! 구수하고 향긋한 꽃차!

골프 라운딩

2018년 9월 28일

친구 나 후배 이렇게 셋이서 골프를 쳤다.

'그야말로 명랑골프'

흐릿한 가을 하늘은 운동하기 참 좋았는데, 중간 중간 친구랑 후배가 우스갯소리를 얼마나 해대는지! 너무 많이 웃었다.

목포에서는 친구들이 계속 전화가 왔다.

골프를 마치고 친구들이 기다리는 식당에 합류했다.

동생에게 데리러 오라고 연락해 두고 편하게 한잔 했다.

가을 전어는 맛있었다.

대추

2018년 10월 2일

상담세미나 모임이 있었다.

모임이 끝나고 미경이랑 300번 버스를 탔다.

미금역에서 타니 자리가 넉넉했다.

둘이 잠깐 이야기 하는 사이에 집 근처.

나는 내리고 미경이는 더 가야 한다.

"잘 가." 인사하고, 집으로 들어왔는데 담주 샘께서 잠깐 내려오라고 전화를 하셨다.

담주 샘은 열월에서 오는 길이라고 하셨다.

그러고는 봉다리 하나를 건네주고 가셨다. 봉지를 열어보니 대추가 가득!

'가을대추'는 꼭 먹어야 한다.

몇 알 씻어서 먹어보니 너무 맛있다.

꽃사슴 까실이랑 한참을 먹었다. 담주 샘께 맛있게 잘 먹겠다고 문자를 드렸다. 갑자기 예뻐진 기분이다.

수정길

2018년 10월 14일

아침 일찍 이왕이 공원을 다녀왔다.

오늘 '섬마을 어울림 축제'가 있다.

캘리그라피 봉사를 내가 해야 하는데, 일정이 겹쳐서 화진 샘, 실란 샘께 부탁을 해서 대신 해주시기로 했다.

그래서 행사장도 둘러보고, 인사도 하고 오려고 미리 갔다.

준비가 한창이었다. 삐에로 님 사진도 한 장 찍고, 수고하시라고 인사하고 집으로 왔다.

꽃사슴이 드라이도 해주고 셋이서 성남아트센터로 갔다.

제32회 성남문화예술제 시민백일장 공모전 시상식에 참석하기 위해서였다.

"초등부, 중등부, 고등부, 일반부" 순으로 수상이 진행 되었고 150명도 넘는 수상자가 한 명도 빠짐없이 참석했다.

시상식장에는 꽃을 가지고 들어갈 수 없었다. 시상식이 끝나고 밖으로 나와 꽃사슴 까실이랑 사진을 찍었다.

2시간도 넘게 행사가 진행되어 지루했을 텐데!

엄마 축하 해준다고 함께 해준 딸들 덕분에 기분 좋은 오늘이었다.

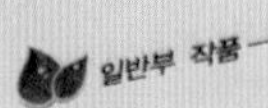

어느 특별한 계절의 기억

허 정 아(분당구 야탑동)

나는 마음이 울적할 때나 좋을 때에는 하늘을 바라본다.

하늘의 맑은 얼굴과 파아란 미소를 보고 있노라면 어느새 마음속에 훈훈함과 평온함이 찾아들기 때문이다. 유난히 더웠던 2018년 여름은 사람을 무기력하게 만들었다.

9월이 시작되면서 언제 그랬냐는 듯 시원해지기 시작했다. 아침저녁으로 쌀쌀하기도 하다. 가금씩! 우리집 꽃사슴(큰딸)은 나에게 전화를 걸어 엄마! 나 어디게? 라고 묻는다.

어디냐고 물으면, 집아래 그네! 엄마! '나는 그네 타는 게 참 좋아' 라고 하곤 했다.

날씨가 시원해지니 산책을 시작했다. 산책하고 오는 길에 꽃사슴이 타던 그네에 앉았다.

그네가 왔다 갔다 바람도 왔다 갔다. 향긋하게 느껴지는 바람을 뒤로 하고 집으로 들어왔다. 며칠 전에 구입한 꽃차 한잔 하고 싶어졌다.

잘 샀는지 궁금하기도 하고, 물을 끓이고 꽃몽우리 두 개를 넣어 우렸다. 꽃이 활짝 피어났다. 일단 향은 합격! 마셔본다. 맛이 시음했던 것보다 훨씬 진하고 구수하다. 시원해진 가을! 구수하고 향긋한 꽃차!

감성을 자극한다. 문득 지난날 친구들과의 아름다운 추억이 생각

깃발전

2018년 10월 21일

"한국서예대축제"

일찍 도착해서 사진도 찍고, 문경새재 제1관문, 제2관문, 일원에 깃발전 작품들이 현수막으로 끝도 없이 전시 되어 있었다.

작품 볼 겨를 없이 담주 샘이랑 우리 작품은 어디에 있는지 계속 걸으면서 봤지만 보이지 않는다.

제1관문 쪽인지! 제2관문 쪽인지! 알 수는 없었지만 주차장에서 전시작품 끝가지 걸었으니…… 아주 많이 걸어왔다.

걸으면서 보니 문경새재 사과축제도 열리고 있었고, 등산 동아리 팀들도 단체로 많이 보였다.

문경새재 이름만 들어봤지 직접 가보기는 처음이다.

드디어 찾았다. "진도아리랑"

다시 열심히 걸어서 행사가 진행되는 곳에서 영월 선생님들을 만났다. 휘호대회까지 보고 인사드리고, 주차장에서 나오는 길에 사과밭에서 사과 따기 체험들을 하고 있었다.

사먹는 가격보다 체험비가 비쌌지만, 어린 아이처럼 즐거워하며 예쁜 사과를 한가득 땄다. 킬로를 재고 박스에 포장해주는데, 따신 거 다 포장해드릴게요. 하시면서 담아주셨다.

감사합니다. 인사드리고 부지런히 달려서 집으로 왔다.

직접 따와서 그런지 사과는 너무 맛있다!

너도 꽃, 나도 꽃, 우리 모두 꽃

2018년 11월 5일

진도군 농업기술센터에서 온라인 판매농가 캘리그라피 교육을 시작했다. 오늘부터 9일까지 5일 동안.

박선애 선생님 덕분에 고향 진도에서 캘리그라피 강의를 하게 되니 더 긴장되고, 그러면서도 많이 좋았다.

신청자가 46명이나 되어서 혼자서는 할 수 없어 제자인 명희 샘과 동행했다.

기술센터에 일찍 도착해서 담당 선생님을 뵈니, 성격이 너무 좋으셔서 마음이 편안해졌다.

허평래 과장님께서 따뜻한 차도 한잔 주셨다.

교육장이 가득 찼다.

"두근두근"

기술센터 소장님 인사 말씀이 끝나고, 마흔여섯 분과 인사를 했다.

"만나서 반갑습니다. 허정아입니다."

그러고는 열심히 준비해간 퍼포먼스를 시작했다.

둥글게 모이시니 갑자기 손이 떨리기 시작했다.

실력보다 예쁘게 되지는 않았지만, 캘리그라피를 쉽게 설명하기에는 충분했다.

그리고 시작된 캘리그라피 교육 신청자 샘들이 연령층이 다양했지만 열정은 뜨거우셨다.

마흔여섯 분의 샘들과 함께할 내일이 기다려진다.

젠틀맨스 가이드

2018년 11월 27일

영화광인 꽃사슴이 영화를 보자고 할 때마다 공포물이거나 내가 좋아 하는 장르가 아니어서 자주 서운해 했었다.

오늘은 꽃사슴이랑 "젠틀맨스 가이드"를 관람했다.

배우님들 멋진 연기에 박수를 아낌없이 쳤더니 손바닥이 너무 아팠다.

공연이 끝나고 야탑역으로 이동했다.

횟집에서 꽃사슴이랑 소주 한잔!

엄청 맛났다.

캘리를 사랑하는 그녀들

2018년 12월 21일

기다리고 기다리던 그녀들과의 모임.

모란 닭갈비집에서 뭉쳤다.

기호에 따라 소주, 맥주 한 잔씩 들고 건배를 했다.

알코올이 들어가니 분위기가 뜨거워졌다.

닭갈비집은 시끌벅적거렸다.

2차는 아는 동생이 하는 커피숍.

좋아하는 차나 커피 주문을 하고, 기다리는 동안 놀면 뭐하냐며 준비해간 배지와 사인펜을 테이블에 꺼내놓으니, 다들 한마디씩 하면서도 꾸며서 가져가라고 하니 열심히 만드는 것이다.

주문한 차도 마시고, 이야기도 실컷 했으니 연말연시 잘 보내자며 서로 인사하고 헤어졌다.

2018년도 열심히 보냈다. 내일도 잘 보낼 것이다.

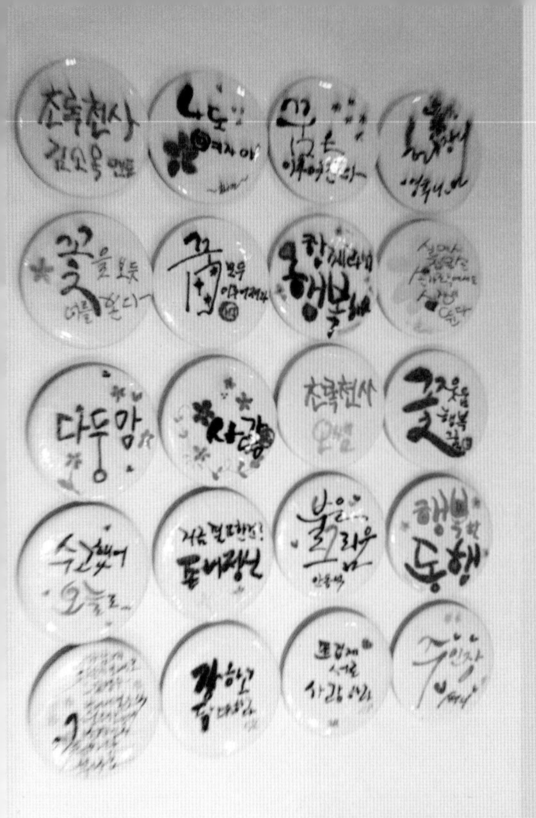
초록천사
다두맘
초록천사
행복한 동행

4부

2019

저류지

2019년 1월 1일

아침을 먹고, 열심히 달려서 저류지에 도착했다.
동생이랑 가끔씩 갔는데, 오늘은 혼자서 갔다.
가슴이 "뻥" 뚫렸다.
느긋하게 걸었다.

저분은 추웠을까? 재미있었을까?
궁금했다.

얼음낚시

2019년 1월 10일

운전하고 지나는 길에 얼음 위에 삼삼오오 모여 있는 사람들이 왠지! 보기 좋아서 차를 세우고, 조심조심 걸어서 가보니, 얼음낚시 중이었다.

겁은 많아서 잠시 서 있는 내내 불안했다. ^^

동그랗게 작게 깨어진 사이로 꼬맹이 물고기들이 올라왔다.

바다 이야기

2019년 1월 13일

“대여협” 상반기 지부장 연수가 있었다.

제주 지부장님께서 “캔버스” 간단 채색법과 꾸미기를 특강해 주셨다.

‘대박’이었다.

배우고 복습해보는 일은 나의 일상이다.

하면서 느낀 점은 “글씨”를 먼저 쓰고 꾸미기를 해야겠구나!

해보지 않으면 모르는 나만의 노하우!

꽃을 보듯 너를 본다
나의 마음 밭에서 너의 꽃이 핀다

6·25때 총알 맞은 항아리

2019년 1월 25일

파주 플래이랜드에 다녀왔다.

60명의 캘리그라피 작가와 함께하는 감성시화 행사가 플래이랜드에서 내일 있는데, 미리서 항아리 바탕작업 가능하다고 해서, 다녀왔다.

단톡방은, 여러 의견으로 뜨거웠다.

단톡방에서 리더를 맡고 계시는 리더님도 만났다.

한참 항아리들을 살펴보고 있는데, 그곳에 상주하고 계신 어르신께서 가까이 오시더니 1번으로 왔으니까 좋은 항아리 하나 추천해주냐고 물으셨다. 나는 씩씩하게 "네!" 하고 크게 대답했다.

그랬더니 웃으시면서 큰 항아리 하나를 추천해 주셨다.

6·25때 총알 맞은 항아리라고 하셨다. 아끼시는 항아리 중에 하나라고! 바로 그러겠습니다 하고, 항아리를 보니 동그랗게 구멍이 하나 있었다. 마침! 배정받은 시가 "남겨둔 마음"이라 '참' 잘 어울리겠구나! 라고 속으로 속삭여봤다.

바탕 작업을 시작했다. 준비된 페인트 물감으로 색을 섞어 연두색을 바르고 드라이기로 말리고 그 위에 노란색 물감으로 하트를 그렸다.

그림솜씨는 없으니 하트가 최고다. 드라이기로 한 번 더 말리고 일단 내 항아리는 마무리했다.

다음은 경옥 샘, 영경 샘, 두 샘은 흰색으로 발라 달라고 했다. 그래서 조금 다르게 흰색을 두 번씩 바르고 건조시켰다.

문득 자령 샘 생각이 나서 전화하니, 항아리도 알아서 골라주고, 바탕색도 발라주면 고맙지! 라고 해서 자령 샘 항아리까지 하고 나니 여기 저기 몇 분의 캘리 샘들이 오셔서 작업 중이다.

아직은 어색해서 인사도 제대로 못하고, 마무리하고 리더 님께 먼저 가보겠습니다. 하고 나오니 벌써! 어두워졌다. 겨울에는 낮의 길이가 짧아서 오후구나! 하면 깜깜해진다.

항아리 바탕 작업을 하고 오니 내일이 조금은 여유로워졌다.

내일 아침! 경옥 샘, 영경 샘과 일찍 만나기로 해서 자야겠다.

항아리 채색도 일이라고 피곤하다.

사는 게 참 꽃 같다

2019년 2월 7일

구정 연휴가 길었다.

2월 1일부터 6일까지 진도에서 많은 일들이 있었다.

아부지, 엄니 결혼 1주년도 축하해 드리고, 농업기술센터 인연으로 캘리그라피를 계속해서 혼자 하고 계신 부진 샘 찾아가서 조금 도와드리고, 조카 정원이랑 꽃사슴이랑 두륜산 올라갔다 오고, 아버님 산소에도 다녀오고 몸이 여러 개이고 싶었다.

하고 싶은 만큼 다하게...... ^^

저녁에는 동생 조카들이랑 폭죽놀이도 하고, 폭죽놀이는 애들보다 어른들이 더 좋아했다.

어제는 국도를 11시간 운전하는 기록을 세우기도 했다.

내일부터 10일까지 서울에서 캘리그라피 특강이 있는데......

너무 늦게까지 잤다. 강의 준비는 다 해두고 진도에 다녀왔기 때문에 다행이다.

바쁜 일상에서 소소하게 채워져 나가는 "행복한 이야기"

어디에서 봤는지 기억은 잘 안 나는데, 어느 식당 앞 현수막에 그렇게 쓰여 있었다.

"사는 게 참 꽃 같다"

그래서 도일리페이퍼에 적어보았다. 압화 조금 남은 거 올려 손코팅도 했다. 예쁘다.

옛날의 금잔디

2019년 2월 20일

경하 언니를 만났다. 약속을 깜박했다.

전화 와서야 기억이 났다. 엄청 애교 부리면서 '옛날의 금잔디'로 모시고 갔다. 사람들로 가득했다.

다행하게도 내가 좋아하는 환련화 바로 보이는 자리는 비어있었다.

이곳에서는 쌍화차만 먹는다.

환련화 보고 쌍화차 먹으려고, 가는 곳이기도 하다.

언니랑 이야기 하다 보니 저녁밥 할 시간이 다가와 있었다.

언니 야탑역에 내려 드리고, 집으로 왔다.

2018년 가을

2019년 2월 21일

시집 한 권을 펼쳤는데, 낙엽이 쏟아진다.

2018년 가을이 책 속에 숨어 있었다.

반갑다. 향기도 있다. 낙엽을 보니 문득 "시" 한 편이 생각났다. 페친 안동석 선생님께서 매일 올려주시는 시들을 캘리그라피 글귀로 많이 연습하는데, 어느 날 올라온 시 한 편이 너무 마음에 들어서, 저작권 포기하고 달라고 부탁드렸다.

선생님께서는 그냥 가져가면 되지! 라고 하셨지만, 선생님 작품이니 허락을 해주셔야지요? 라고 말씀드리니 선생님께서 흔쾌히 저작권을 포기하고 나에게 주셨다. 내가 표현하고 싶은 "내가" 그 시 속에 들어있는 것 같아서 꼭 갖고 싶었다.

그래서 선생님께서 주신 그 "시"를 적어봤다.

이 가을에

허정아

청춘도 지났다
욕심 같던 잎새들도
발밑에
조용히 내려놓는다

나를 지키기 위해
가시를 세워야 했고
작은 것이라도 움켜쥐려
줄기를 뻗어내던 시간들

고집스레 지켜온 것들을
미련 없이 내려놓고 나니
그 가지사이로
휑한 바람이 지난다

가슴이 서늘해진다
이 가을 아침에
허기진 배처럼
아린 듯 아픈 듯

고스트

2019년 2월 22일

고스트 커피숍에서 샘들을 만났다.

방학동안 글씨 연습들은 안 하고, 아이들이라 방학이었다고 했다. 차를 주문하고, 한바탕 수다를 떨었다.

방학동안 놀았으니 공부 합시다 하니 다들 웃었다.

조금 넓은 테이블을 차지하고, 포일 캘리와 캔버스 채색을 알려 드렸다. 캘리만 하면 진지해지는 그녀들!

모아서 사진을 담으니 예쁘다.

흡족해하며 각자의 작품들을 가지고 가셨다.

고스트 사장님께 인사드리고, 나도 집으로 돌아왔다.

다희연

2019년 2월 27일

어느 순간부터 운동에 빠진 꽃사슴이 친구랑 등산을 하겠다고 두어 번 다녀오더니 내친김에 제주도 가서 한라산에 올라갔다 오겠다고 했다. 그래서 엄마도 함께 가고 싶다고 졸라서 함께 간 제주도. 제주도는 눈부시게 아름다웠다.

숙소 가기 전에 협제 해수욕장 근처에 주차하고, 식당에 들어가 배를 채웠다. 그리고 해수욕장을 잠시 걸었다. 딸들은 사진 찍기 삼매경!

나는 룰루랄라~ ^^ 백사장 걷기!

이렇게 좋은데, 자주는 올 수 없다.

숙소에 짐을 풀고, 잠시 쉬었다가 저녁을 먹으러 나갔다.

내일은 한라산을 올라갔다 내려오면 힘들어 아무것도 하지 못할 것이다.

그래서 저녁을 먹고 '다희연'에 갔다.

'다희연'은 환상이었다.

진달래 대피소

2019년 2월 28일

일어나니 9시가 다 되어가고 있었다.

성판악 탐방 안내소가 가까운 곳에 숙소가 있었기 때문에 바로 출발해서 한라산에 오르기 시작했다. 넓은 탐방로 길은 걷기 좋았다.

그렇게 걷고 또 걸었는데, 조금씩 힘들어지기 시작했다.

그럼 한라산인데! 하면서 걸어가는데, 젊은 사람들이 여러 명씩 달려서 간다. 조금 있으니 또 몇 명이 달려간다.

그 후로도 그렇게 지나가는 사람들이 대단하게 여겨졌다.

아무리 길이 넓고, 걷기에 무리가 없어 보여도 저 정도는 아닌 것 같은데! 내가 이상한가라는 생각도 들었지만 나보다 더 느리게 걷는 분들도 많아서 나는 열심히 걸었다. 꽃사슴이랑 은빛이는 나보다 조금 더 앞에서 걸어가고 있었다. 진달래 대피소가 가까이 다가오자 길은 점점 힘들어졌다. 나도 산을 제법 탄다고 큰소리쳤는데, 다리가 무겁기 시작했다. 딸들은 눈에 보이지 않았다. 그러다가 12시 10분쯤에 딸들이 내려왔다. 그러면서, "엄마, 통제 시간이 있네요!" 12시 4분이었는데도 통과를 못했다며 투덜거리면서 말했다. 내려가고 있겠다고 했다. 나는 진달래 대피소에 드디어 도착했다. 12시 20분! 그러고는 올라가면 안 되냐고 물었다.

어디 틈이라도 있나 찾아봤다. 그랬더니 한 분이 안전을 위한 일이니 쉬었다가 내려가시라 했다. 세상에나! 통제 시간이 있었구나! 그래서 젊은 사람들이 달려갔구나! 여기를 통과하기 위해서! 갑자기 눈물이 쏟아질 것 같았다. 다리도 움직여지지 않는다. 딸들에게 전화를 걸어 조금 있다가 내려가겠다고 출발했던 곳에서 만나자고 했다. 내가 너무 바보 같았다.

멍하니 앉아 있는데, 나처럼 모르고 오시는 분들이 '꽤' 많았다. 내가 한 것처럼 그러는 분들도 많았다. 고3 까실 양 응원 메시지 사진 한 장 찍어 까실 양에게 보내고 그냥 오르면 되는 줄 알았는데, 20분 늦어 정상은 못 갔지만, 엄마는 응원해주고 싶었다고 말하자 웃으면서 조심히 내려오고, 언니들이랑 맛있는 음식이나 많이 먹고 오라고 했다. 이제 내려가자 하고 진달래 대피소를 한번 둘러보니 사람들이 엄청나게 많다.

미련은 진달래 대피소에 내려두고 걸었다. 다리가 무겁다. 올라갈 생각만 하고 걸어서인지! 내려갈 길이 험하다. 돌도 많고, 사람들도 많고, 내려오는 시간은 올라가는 시간보다 더 걸렸다. 딸들을 만났다. 왜! 이렇게 늦었냐고 묻었다. 진달래 대피소에서 어찌 올라가볼까 연구했다 하니 웃었다. 딸들이랑 고기를 먹었다.

들모랭이길

2019년 3월 11일

영월 초당서원에 다녀왔다.

경옥, 화진, 실란 샘들이랑 일찍 출발해서 서원에 도착하니!

선생님들께서는 아직 도착하지 않으셨고, 아주 작은 강아지 두 마리가 달려와서 반긴다. 눈이 얼마나 예쁜지! 화진 샘, 경옥 샘은 한참 동안 놀아주었다. 선생님들이 오셨고, 세 사람은 공부하고, 나는 주변을 이리저리 걸어보았다.

공기도 좋고, 걷기고 좋고, 그러다가 서원으로 돌아갔다.

강아지들은 가는 곳마다 졸졸 따라 다녔다.

이런저런 공부가 끝나고, 선생님께서 맛있는 밥 사준다고, 먹고 가라고 하셔서 한참을 이동해서 저녁 먹고, 출발해서 올라왔다.

오늘은 다른 날보다 오래 있다가 왔다.

경옥 샘이 운전해서 편안하게~ ^^

껌

2019년 3월 16일

캘리그라피를 너무 좋아하지만, 가끔씩은 즐기는 시간보다 책임감! 부담감! 이런 것들이 따르기도 한다.

유난히도 '껌'을 자주 씹는 나는 오늘도 운전하러 가면서 하나 꺼내 들었는데, 왠지! 글귀가 힘나게 했다.

맛도 더 좋은 것 같았다.

여유

2019년 3월 19일

공모전 준비 중에 드는 생각!

나 하나도 버거운 데, 제자 샘들 작품 구상도 도와줘야 해서 나만의 시간이 없다.

배우면서 느끼고, 글씨 연습은 계속 되다보니 기다리는 시간이 외로울 때도 있다.

작품들이 끝나야 찾아올 시간!

남한산성

2019년 3월 22일

공모전 작품들을 마감하고, 그림 정말 잘 그리는 경옥 샘과 남한산성에 올라가 닭볶음탕에 술 한잔 했다.

배불리 먹고, 소화시킨다며 조금 걸었다.

남한산성 중턱 주차장은 항상 차들로 가득했다.

하늘은 푸르고, 나의 마음은 후련하고!

宝海
복분자酒

감사장

2019년 3월 29일

명예사서 봉사를 2년 했다.

도움을 드리기보다는 도움을 받고 오는 시간들이었다.

변함없이 아껴 주셨던 사서 선생님!

자주 뵈러 가는 일은 많지 않을 텐데……

까실이 엄마여서 봉사 할 수 있었던 날들!

많은 봉사 중에 가장 폼 나는 봉사였다.

나는 조금씩 변화도 생겼고, 사람이 되어가고 있다.

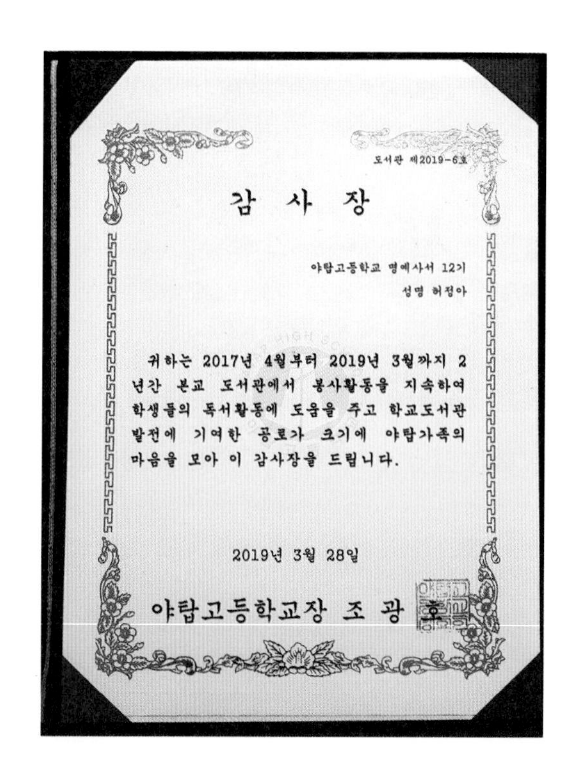

도서관 제2019-6호

감 사 장

야탑고등학교 명예사서 12기

성명 허정아

귀하는 2017년 4월부터 2019년 3월까지 2년간 본교 도서관에서 봉사활동을 지속하여 학생들의 독서활동에 도움을 주고 학교도서관 발전에 기여한 공로가 크기에 야탑가족의 마음을 모아 이 감사장을 드립니다.

2019년 3월 28일

야탑고등학교장 조 광 호

학부모지원단 교육

2019년 4월 1일

조금씩 배워서 많이 활용하며 사는 나!

오늘은 위례 한빛고에서 한빛고 학부모 임원 분들과 '성남형 교육 학부모지원단' 학부모회 운영에 대해서 배우고 토론하는 시간을 가졌다. 그런데 오늘 교육 오신 선생님 이름을 보고 놀랐다.

강하시다. 바로 이름을 기억했다.

제14회 한반도미술대전 심사

2019년 4월 7일

작년에는 뭐가 뭔지도 모르고 심사에 참여했었다.

현석 선생님의 도움으로 많이 배우고 알게 되었던 공모전 심사!

원주 박채성 선생님 연구소에서 심사가 진행되었다.

작년에는 원주 삼육고등학교 체육관 전체에서 여러 파트 심사가 동시에 이루어졌는데, 이번에는 캘리그라피 부분만 따로 하니 작품 하나하나가 눈에 들어왔다.

9명의 심사위원이 세심하게 보고 상의해서 대상까지 결정했다.

이렇게 해야 한다는 생각이 들었다.

작년과는 달라서 좋았고, 작년의 경험이 있어서 여유로운 마음도 생겼다. 남동생의 배려로 편안하게 다녀왔다.

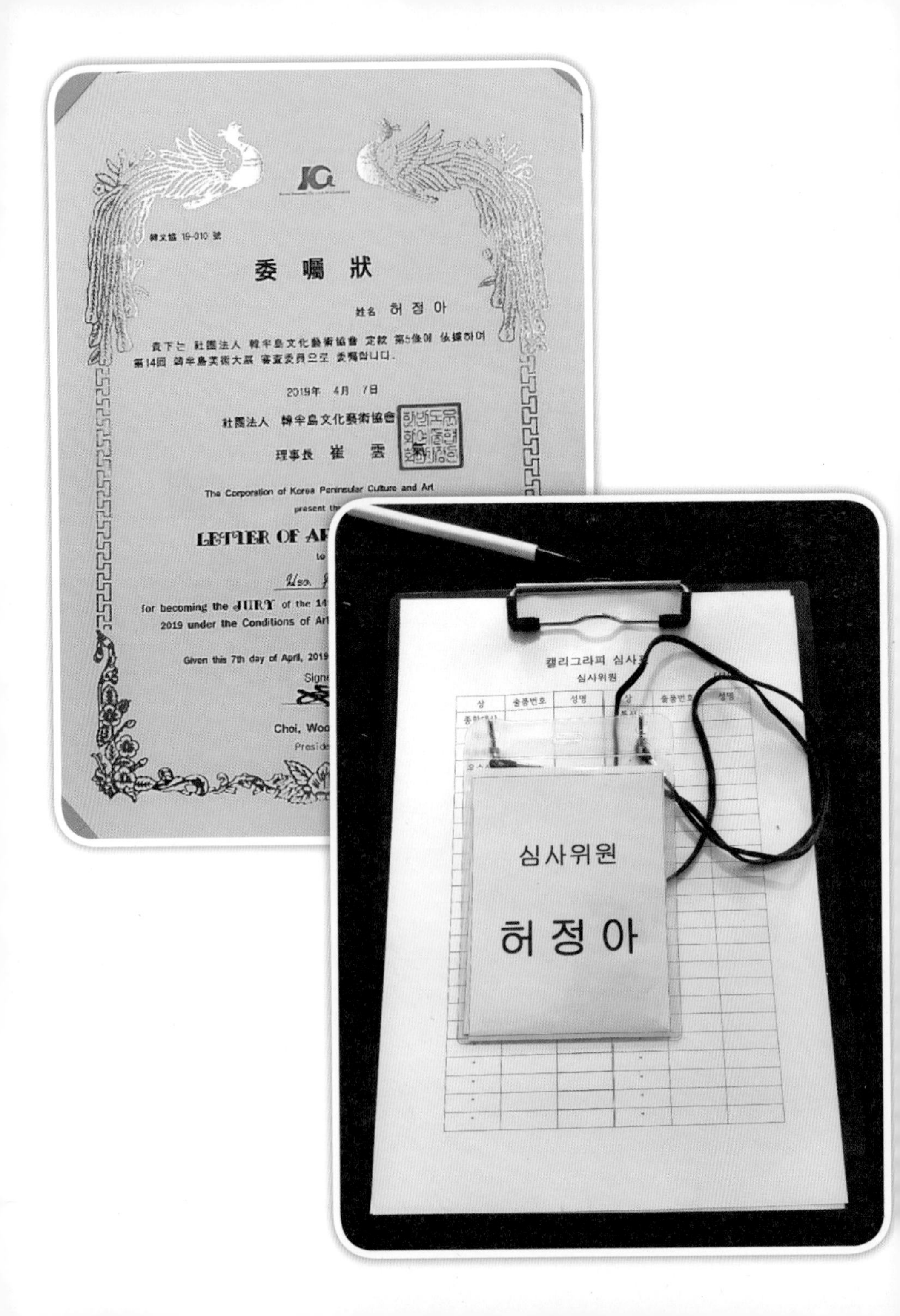
韓文協 19-010 號
委囑狀
姓名 허정아
貴下는 社團法人 韓半島文化藝術協會 定款 第5條에 依據하여
第14回 韓半島美術大展 審査委員으로 委囑합니다.
2019年 4月 7日
社團法人 韓半島文化藝術協會
理事長 崔 雲
The Corporation of Korea Peninsular Culture and Art
Given this 7th day of April, 2019
심사위원
상
출품번호
성명
심사위원
허정아

허정아 씨, 오늘 시간 있어요?

2019년 4월 10일

문자가 왔다.

"허정아 씨, 오늘 시간 있어요?"

나는 웃으면서 "네." 하고 답장을 드리고, 세수만 하고 '골방'으로 달려갔다.

몇 번을 바쁘다는 이유로 미뤘기 때문에, 죄송한 마음도 들었다.

포옹을 했다. 따뜻했다.

3시간이 눈 깜짝 하니 지나갔다.

또 만나기로 했다. 모란 시장에 가끔씩 오신다고 하셨다.

너무 존경하는 그녀!

2년 만에 만나서인지! 너무 좋았다.

한마음축제

2019년 4월 14일

제41회 "재경조도면향우회 및 한마음축제"가 한강둔치에서 있었다. 조도면 16개 마을이 매년 모여 축구 배구 달리기 외 여러 행사를 하고, 마을 부스에서는 시간 관계없이 모여서 고향 음식들도 먹고, 정도 나누는 잔치다.

올해는 관매도 청년회 총무를 맡아서, 준비하느라 바빴다.

엄마가, 누나가 총무라고 온 가족이 출동했다.

고향 사람들 오시면 잘 드시고 가야하기 때문에 차리고 치우는 일손이 많이 필요하다. 그래서 오늘은 꽃사슴 남동생 올케들이 엄청 고생을 했다. 마을별 입장도 볼거리이고, 배구 결승전도 너무 재미있고, 중간중간 어르신 아이들 게임도 재미났다.

마지막에는 마을별 대표 한 명씩 노래자랑도 열린다.

작년에는 꽃사슴이 관매도 대표로 노래를 했고, 인기상을 받았다.

꽃사슴이 노래하자 엄청 많은 분들이 호응했고, 관매도 이모, 삼촌들에게 사랑을 "듬뿍" 받기도 했었다.

고향 모임은 나이 드신 분들만 모이는 거라고 여겼던 나는 몇 년 전부터 하루! 부엌 파트를 도와드리다보니 뿌듯하고 좋았다. 몇 년 지나니 나이를 자연스레 보태며, 나도 고향 모임이 좋다. ^^

1년에 한 번인데, 많이 참석해서 서로 소식 전하는 그러면서 고향 음식도 실컷 먹고, 이런 행사는 꾸준히 이어졌으면 좋겠다는 마음이

든다.

마을별 “응원” 점수까지 합산해서 우승, 준우승 팀이 발표되고, 선물도 푸짐하다. 협찬도 많아서, 추첨도 하고 많은 분들이 좋은 추억도 만들어 가신다. 모두 가시고, 마을별 임원들은 주변 정리까지 해야 집에 올 수 있다. 오늘은 보람찬 하루였다.

꽃비

2019년4월18일

현기증이 날 만큼 화려한 봄! 그리고 오늘!

아침에 까실 양 학교 앞에 내려주고 오는데, 메타세쿼이아가 양옆으로 펼쳐진 그 길이 너무 예뻤다.

비가 오려는지 바람이 많이 불었다.

빨래를 널고, 밖으로 나갔다.

바람 타고 아침에 보았던 메타세쿼이아 길로 걸어갔다.

꽃비가 내린다. 양옆으로 차들이 달린다. 사진은 포기하고 눈으로 봤다. 꽃비를 맞으며 드라마 속 주인공도 되어봤다. ^^

땅에 딱 붙어서 피어난 앙증맞은 민들레, 하늘 높으니 한없이 크는 메타세쿼이아 나무들, 민들레도 만나고, 꽃비도 맞고, 화려한 빛깔에 반하고, 집으로 걸어오는 길은 푸르렀다.

진도 여행

2019년 4월 22일

진도가 고향이라 여행은 처음이다.

명절도, 일정도 없이 여행!

4월 19일에 분당에서 12시에 출발했다. 휴게소도 자주 들르고, 휴게소 들르면 오징어는 먹어야 한다며 편안하게 오징어를 먹었다.

친구가 운전하니 좋았다.

진도읍에서 장을 봐서 친정집에 도착해 짐을 내리고, 세방낙조 보러 갔는데, 날씨가 흐리다. 친구는 진도가 처음이라서 세방낙조를 꼭 보고 싶다고 했다. 일찍 도착해서 시간이 남았다. 그래서 주변을 걷다가 고사리를 발견하고, 친구는 좋아 하며 고사리 몇 개를 끊었다.

흐리고 바람도 불었는데, 순식간에 "낙조 보기 성공!"

친구가 많이 좋아하니 나도 좋았다.

집으로 돌아와서 삼겹살에 술 한잔 했다.

시골은 저녁이면 갈 곳이 없어! 그래서 일찍 자야 한다! 하니 웃는다.

다음날은 접도 탐방로따라 등대까지 걸어가 보고, 서망항도 들르고, 진도대교 전망대에도 들렀다. 집으로 가는 길에는 운림산방 진도 기상센터에 들렀다. 친구 덕분에 나도 기상센터에 가봤다. 처음이다.

진도에서 친구와의 여행은 여유롭고, 즐거웠다.

Cafe 작은 갤러리
차 수제비 파전
우초 그림이야기

내 사랑 까실 양

2019년 5월 2일

그녀 덕분에 일요일에도 잠은 제대로 잘 수가 없다.
둘이서 점심 먹고, 셀카 한 장 찍자고 하니 싫다고 했다.
그러더니 운전하는 엄마 배경으로 셀카를 찍었던 모양이다.
독서실에 내려주고 오는데, 사진이 카카오톡으로 도착해 있었다.
고3 까실이는 별명이 많아졌다.
화진이 이모는 '겸둥이', 선희 이모는 '깜찍이' 엄마는 '까실이'!
"내가 엄마보다 세련되게 생겼어!"라고 자주 이야기 한다.
그러면 엄마가 너보다 예쁜 거 알지? 라고 말하면, "헐" 그런다.
집에 와서 메타세쿼이아 방울에 색깔을 입혔다.
까실 양 닮았다.

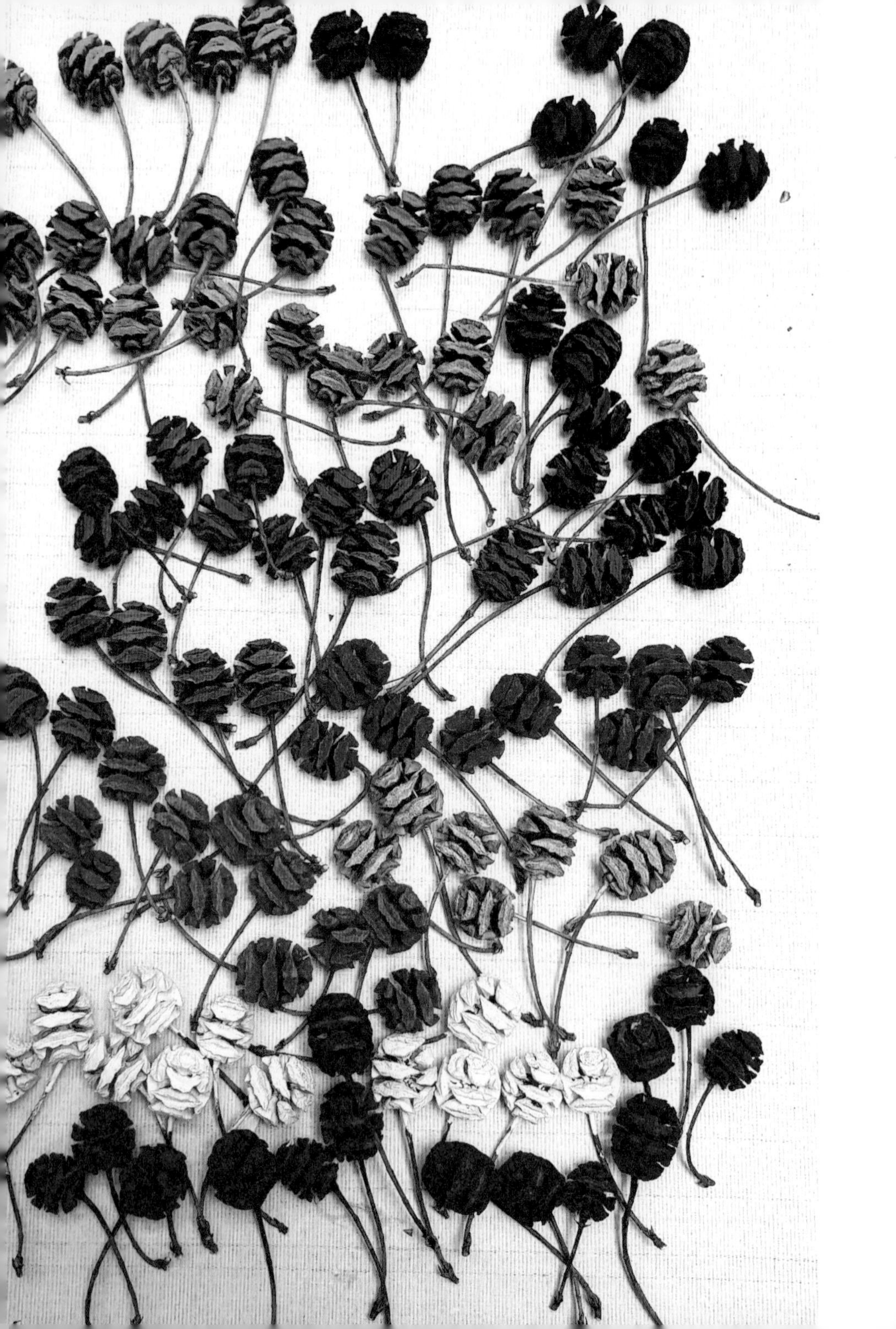

도명리 친구들

2019년 5월 25일

야탑에서 도명리 친구들을 만났다.

작년에는 서울에서 만났는데, 처음으로 모였었다.

진도에서 살고 있는 친구가 한 번씩 모이자고 제안을 했다.

이번이 두 번째 모임이다. (승호, 근휘, 경덕, 현미, 수경, 영호, 규영)

수정이는 이번에 함께 하지 못해서 아쉬웠다.

도명리 친구들 모였다고 하니 큰남동생, 큰올케, 꽃사슴, 집오빠도

오늘은 도명리 친구가 되었다~^^

1, 2, 3차를 마치고, 4차는 횟집에서 "꽃새우"를 시켜 또 한잔했다.

언제 이렇게 모일 수 있을까!

친구들과 헤어져서 집으로 들어와 조금 지나니 아침이다.

기회

2019년 5월 31일

강의 준비 하느라고 며칠 동안 머리가 아팠다.

프로그램 강의는 수업료도 많지 않고, 준비는 많이 해야 한다.

캘리그라피를 하루에 강의 하는 일은 나에게는 의미가 없다.

어떻게 하루만에 무궁무진한 캘리의 세계를 말할 수 있겠는가!

분위기, 매너, 열정, 최강의 의례 한빛고 학부모님들과 첫 수업은 덩달아 힘이 났다.

5주 동안 그녀들과 즐거운 "만남" 생각만 해도 좋다.

어려움 가운데
그곳에 기회가 있다

-앨버트 아인슈타인

알랴브 이강인

2019년 6월 12일

"사상 첫 U-20 월드컵 결승 진출"

선수들이 너무 멋졌다.

하얗게 지새운 밤이 전혀 피곤하지 않았다.

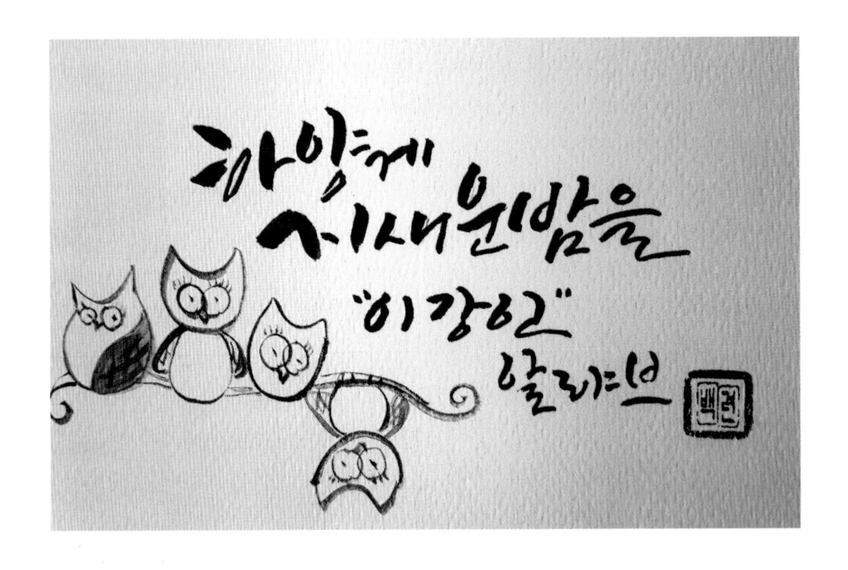

입주 청소

2019년 6월 25일

연기되던 오피스텔 입주가 시작되었다.

하루 종일 땀 뻘뻘 흘리며 청소를 했다.

그리고 '골방'에 짐도 쌌다.

왔다갔다 몇 번 하면 되겠지 했는데, 그동안 차곡차곡 늘어난 짐들이 많다.

버릴 게 하나도 없기 때문이다. 주말에 동생들 부려 먹기로 했다.

새로운 곳으로의 이사가 기다려진다.

향초

2019년 6월 28일

한빛고 학부모님들과 마지막 수업!

많이 아쉬웠다.

마지막까지 그녀들은 "분위기, 매너, 열정" 최강이셨다.

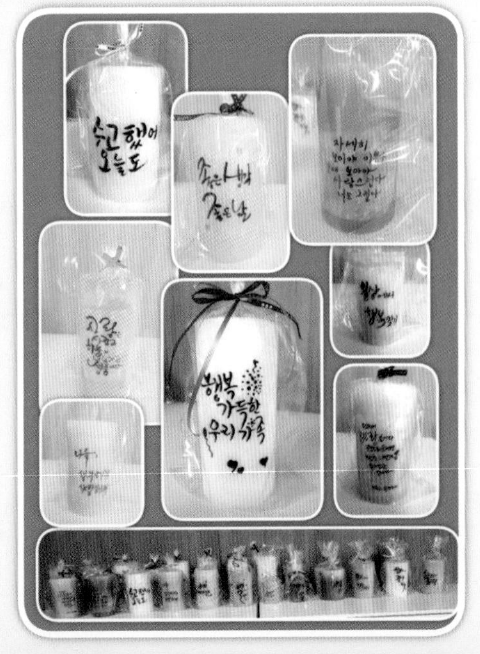

사랑방

2019년 7월 10일

캘리그라피 강의도 끝나고, 이삿짐도 다 옮겼다.

오늘 조촐하게 파티를 했다.

떡도 한 말 하고, 제자 샘들과 나만의 그녀들과 짜장면과 짬뽕을 먹으면서~

이제부터 이곳은 "사랑방"이다.

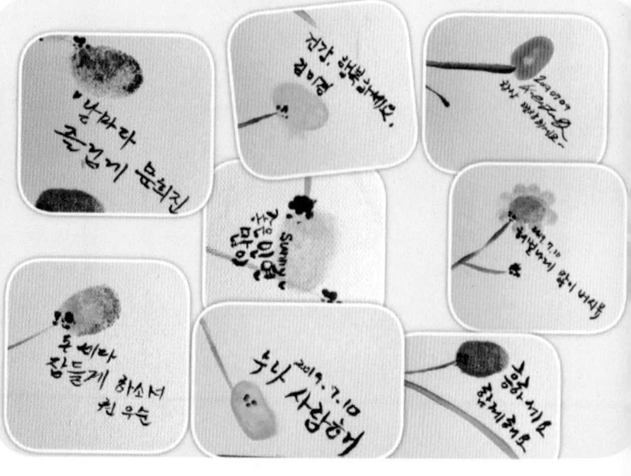

먹꽃 피우기

2019년 7월 17일

요즘 눈에 꽉 차버린 먹꽃!

추사운 선생님이 올려둔 영상 보고 처음 피워본 먹 '꽃'

처음 치고는 아주 마음에 든다.

자작나무

2019년 7월 28일

'사랑방'이 오랜만에 가득 찼다.

매주 토요일 경옥 샘께서 수채화 수업을 해주기로 하셨다.

재미도 있어야 하니 오늘은 자작나무를 그리자고 했다.

경옥 샘 덕분에 수채화를 배워본다.

자작나무를 완성하니 다섯 사람 모두 다르다.

그런데 멋지다. 많이 멋지다.

가르쳐 주는 사람의 역할이 얼마나 중요한지!

다시금 느끼게 되었다.

2019. 7.

벽화

2019년 8월 6일

진도에 왔다.

농업기술센터에서 일주일 캘리그라피 강의가 있다.

휴가철이라 그런지! 막내이모네도 진도로 휴가오고,

막내남동생도 진도로 휴가를 왔다. 친정집은 사람들이 가득하다.

그래서 나는 동행한 민희샘과 숙소를 다른 곳에 잡았다.

사진 강의 오시는 이향실 작가님도 함께 사용하기로 했다.

강의 가기 전에 꽃사슴이랑 조카 정선양이 오늘 벽화를 그리기로 해서 벽화 그릴 곳과 글씨 쓸 곳을 의논하고 캘리 강의를 갔다. 캘리 강의는 즐겁게 진행 되었다. 순식간에 두 시간이 지나버렸다.

이향실 작가님의 사진 강의가 시작되었다.

숙소에서 만나기로 하고, 벽화가 얼마나 진행되었을지!

궁금해서 집으로 왔다. 딸이랑 조카가 열심히 그리고 있었다.

나는 민희 샘이랑 밥을 먹었다.

밥을 먹고 편안한 옷으로 갈아입은 뒤, 벽화에 합류했다.

왔다 갔다 하는 사이에 막내 동생 셋째 딸 정이가 사고를 쳤다.

그대로 두고 작업을 진행했다. 정이는 방에 감금되었다.

벽화가 끝나고, 정이 양이 사고 친 곳은 같은 색으로 큰 하트가 만들어졌다. 어쩔 수 없이 글씨 들어갈 곳이 조금 변경되었다.

글씨까지 마무리하고 나니! 멋졌다.

대가족이 식당으로 옮겨갔다.
진도 이모부님께서 횟집을 예약해 두셔서, 맛있게 먹었다.
한턱 크게 쏘신 이모부님께 최고라고 엄지 "척" 해드렸다.

6·25보다 8·15가 좋겠지?

2019년 8월 15일

생애 처음으로 생일을 바꿨다.

음력 6월 25일이어서 매년 양력 날짜는 조금씩 달라졌지만, 큰 차이는 없었다. 제일 더운 중복과 말복 사이를 앞서거니 뒤서거니 하곤 했다. 그런데 2년 전부터 생일이 바꾸고 싶어졌다.

딸들은 매년 음력 양력 따지기도 불편하다고 좋다고 했다.

처음으로 바뀐! 생일날! 협회 일정으로 이틀 동안 '땀' 뻘뻘 흘리게 생겼다.

"나라꽃무궁화세종축제" 행사에 전국의 지부 전체가 참여하기 때문이다. 나는 신은채 지부장님과 경아 샘과 한 팀이다.

우리는 석고방향제 만들기, 꾸미기를 함께 진행했다.

첫날이라 그런지! 부스마다 사람들이 넘쳐났다.

"카톡, 카톡" 하며 생일 축하 메시지가 엄청 와 있었다.

바꾸길 잘 한 것 같다.

집에 오니 꽃사슴이 알바 비 나와서 샀다며 선물을 내민다.

까실 양도 편지까지 곁들여 선물을 내민다. 행복하다.

제29회
나라꽃 무궁화 세종축제
KWEA
아트야 놀자
나라꽃 무궁화 세종축제

장미

2019년 8월 24일

수채화 배우는 날!

"사랑방" 분위기 좋고, 모인 사람들 좋고!

고급스런 수업을 받으니 모두 화가 포스다.

행복한 토요일! 장미 표현이 이렇게 시간이 오래 걸릴 거라고는 생각지 못했다.

장미는 아름다웠다.

장미의 미소
오늘은
그대 모습이
아주 즐거워 보여요
그대의 두 손에 담겨진
빨간 장미가 함께 웃네요
2017.8.24
그리고 쓴다

스크래치

2019년 9월 6일

나만의 그녀들과 호정 언니가 사랑방 구경을 오고 싶다고 연락이 왔다. 일정이 없어서 만나자고 약속을 하고, 사랑방에서 뭉쳤다. "디퓨져 만들기" 해보고, 사랑방 오면 캘리는 필수라며 스크래치 3장을 꺼내어 한 장씩 나눠주고, 하는 방법을 설명해줬다.

스크래치가 해보니 예쁘다며 좋아했다.

헤어져 집에 들어와 고3 저녁밥 먹이고 독서실 모셔다 드리고 오니!

잠이 온다.

Diffuser De Parfum
Diffuser De Parfum
행복한 동행 당신이 있어 가능한 일입니다
GUS
너의 그 한마디 말도 나에겐 커다란 의미
M K

물방울

2019년 9월 23일

오늘의 수채화 그리기는 물방울 표현하기!

민희 샘은 늦게 와서 수업이 늦게까지 있었다.

경옥 샘은 약속 있다고 가시고, 민희 샘이랑 시청 앞 산책을 했다.

약밥

2019년 10월 22일

혜경 샘이 약밥을 예쁘게 만들어 왔다.

맛은 더 좋았다.

몇 시간 동안 나무 타는 냄새도 좋았다. 샘들 옆에서 나도 전주에서 사온 아껴 두었던 도마에 작품을 올려봤다.

BLESS
This
home

당신과
함께하는
크리스마스
해피메리
크리스마스

지극히 높은 곳에서
하나님께 영광이요
땅에는 기뻐하심을
입은 사람중에 평화로다
-누가복음 2:14-

지금
이순간
Bravo
My Life

반짝반짝

2019년 10월 23일

2학기마다 야탑고 학부모 동아리 캘리그라피
'재능기부' 3년째! 2년 동안은 11월까지 했는데,
올해는 고3 엄마이니! 미리 끝내기로 했다.
그래서 성탄절에 활용하시라고, 예쁜 수업을 해드렸다.
채색은 미리 해오시게 해서 오래 걸리지는 않았다.
너무 좋아해 주셔서 마지막 봉사가 보람되었다.
집으로 오면서, 정아야 수고했다, 라고 나에게 말했다.

이정숙 선수

2019년 11월 3일

텔레비전을 켰다가 끝까지 응원을 해봤다.

뭉클하면서도, 멋졌다.

이정숙 선수! 오늘 멋졌습니다, 라고 멀리서나마 응원의 마음 보내 보았다.

패션쇼

2019년 11월 9일

내 생애 처음으로 보는 패션쇼!

쇼 전에 꽃사슴을 만났다.

성수동 '에스팩토리'

꽃사슴 팀은 "모아(MO:A)!"

'쇼 그리고 시상식'이 끝나고, 응원 와 준 친구들과 야탑에서 저녁을 먹었다.

풍선

2019년 12월 27일

2019년 마무리를 했다.

함께 모이는 일은 쉽지 않다.

헬륨 풍선에 "함박웃음" 모이니 행복하다.

2019년 캘리를 사랑했던 그녀들!

붓 한 자루에
세상이
열린다
한 번 그으면
꿈틀꿈틀 살아나서
고스란히
번져나가는
세상만사

5부

2020

천진암

2020년 1월 3일

이른 아침에 핸드폰 진동이 울렸다.

발신자는 선희 언니였다.

나: 여보셔욤?

언니: 백련, 일어났어?

나: 네, 언니!

언니: 그럼 눈곱만 떼고 내려와! 나 집 아래 와있옹!

나: 언니는 예쁘게 다 하고 오셨져?

언니: 눈곱만 떼고 왔옹~ ^^

나: 5분만 기다리셔욤~

언니가 드라이브 가자고 했다.

어디 갈까요? 물으니 백련이 자주 가는 거기 가보고 싶다고 하셨다.

아! 저류지여? 그럼 가자요~ ^^

열심히 달려 저류지에 도착해서 차를 한쪽에 주차하고, 둘이서 걸었다.

언니는 넓다며 좋아 하셨다. 한참을 걷던 길 되돌아오면서 밥 먹으러 가기로 하고, 식당으로 이동했다. 언니는 생각보다 가리는 음식이 많았다.

나는 생선을 좋아 하는데 언니는 못 먹는다고 했다. 그래서 언니는 곤드레밥, 나는 보리굴비정식을 시켰다. 음식이 나오자 열심히 먹었다.

걸었더니 밥이 달았다. 밥을 먹은 다음에는 어디 갈까요? 물으니 "천진암" 가봤어? 라고 물으셨다. 아니요! 가까이 있어도 가볼 생각을 안 했네요. 그럼 거기 갈까? 언니는 가톨릭 신자다. 그래요!

언니가 운전하는 동안 '꾸벅꾸벅' 했다.

'천진암' 성지는 한국천주교회의 발상지! 정도로 알고 있었다.

오늘은 언니가 이런저런 설명도 해줬는데, 금방 잊어 버렸다.

언니랑 한 바퀴 돌고 둘이서 아이들이 아닌! 우리를 위해서 기도하고 촛불도 켜두고 천진암을 나왔다. 다음은 남한산성에 갔다.

남한산성 중턱에 차를 주차하고 나니 상담세미나 '청일점' 태호 오라버니가 생각났다. 전화를 걸으니 마침 근무일이어서, 잠시 들러 오라버니 얼굴 보고, 다시 출발해서 집으로 오는데, 언니도 나도 둘이서 너무 좋았던 하루! 새해에도 건강하자 인사하고 언니는 댁으로 가고 나는 집으로 올라왔다. 눈곱만 떼고 만나도 참 좋았던 오늘!

특강

2020년 1월 10일

오늘은 까실 양 졸업식과 협회 지부장 연수가 있는 날이다.

집오빠랑 꽃사슴이랑 학교로 갔다.

졸업식이 체육관에서 진행되고 있었다. 저 멀리 까실 양 머리만 보인다.

며칠 전에 탈색을 해서, 머리가 샛노랗다.

학생들이 이동하기 전에 까실 양 교실 앞으로 갔다. 담임선생님께서 교실을 예쁘게 꾸며 두셨다. 선생님께 인사를 드렸다. 처음 뵙지만, 인상이 너무 좋으셨다. 조금 있으니 학생들이 각자의 교실로 이동을 하느라 복도는 혼잡했다. 드디어 까실이를 만났다. 안개꽃 한 다발을 건네주고 저녁에 보자며 인사하고 나는 서울로 출발했다,

협회 사무실은 영등포구청역 근처로 이사를 했다. 이사하기 전 사무실이랑 분위기가 비슷하다. 머그컵 꾸미기, 바리스타, 놀이교육 특강이 끝나고, 작년에는 “올바른 낙관인 찍는 법”, 올해는 “먹꽃 피우기” 강의를 해드렸다. “먹꽃은 인기 만점” 깔판이며 준비물 준비해간 보람도 있었고, 지부장님들과 저녁 식사 시간은 많이 즐거웠다.

저녁 식사 후에도 특강은 계속 되었다.

써니

2020년 1월 23일

판교에서 밥 먹고, 운중저수지 바로 앞 커피 전문점에서 커피를 마셨다. 써니! 그녀는 나의 1호 제자님! ^^

오랜만에 만났다. 갑자기 일을 시작해서, 너무 바쁘니!

얼굴 보기가 쉽지 않다. 2년 넘게 매주 만났는데……

친한 언니는 최선희! 써니는 한선희 이래서 언니는 그냥!

선희 언니! 이렇게 부르고, 동생은 작은 선희&써니! 이렇게 부른다.

커피 전문점에는 사람들이 많았다. 어떻게 알고들 오는지!

커피를 후다닥 먹고 밖으로 나왔다.

밖에서 카페 앞 구경도 하고 잠시 걷기도 하고 사진도 몇 장 찍었다.

매화

2020년 1월 26일

명절이라 친정집에 왔는데, 날씨가 너무 좋다.

겨울에도 피어있던 길가에 이름 모를 노란 꽃도 그대로 피어있고, 울엄니 매실 나무에도 슬그머니 봄이 와 있었다.

저녁에는 동네 친구들과 술 한 잔도 봄이었고!

가리비 구이는 맛있었다.

압화

2020년 1월 31일

기다리고, 기다리던 압화 공예가 '사랑방'에서 있다.

함께 배우기로 하신 샘들이 하나둘 모였다.

다 모이고, 수업이 시작되었다. 압화를 보자 감탄이 쏟아졌다.

"아! 예쁘다! 아! 정말 예쁘다!"

압화 공예에 대한 간단한 설명을 듣고 실전에 들어갔다.

핀셋으로 작은 꽃 하나하나 조심스럽게 여섯 개의 유리잔에 디자인하는데, 시간이 많이 걸렸다.

열중하느라 숨소리도 들리지 않았다.

마지막으로 에폭시를 꽃이 잠길 만큼 부어 주고, 공기방울이 생길 때마다 터트려 주어야 했다. 에폭시가 굳어야 해서 사랑방에 그대로 두고 각자 집으로 가고, 나는 청소를 마치고, 공기방울을 터트려 주고야 집으로 왔다. 압화 잔에 물이나 음료를 담아 먹을 생각을 하니!

기분이 참 좋다.

의기소침

2020년 2월 10일

섬유유연제를 넣고 탈수를 시작했다.

탈수가 다 되길 기다리면서, 베란다에 앉았다. 햇살이 따듯하게 들어왔다. 화초에 물도 듬뿍 주었더니 화초들이 더 예뻐 보인다.

영상 9도라 베란다 문도 살짝! 열었다.

2월 7일에 "응급실"행 이후! 나는 자다 깨다를 반복하며 많이 이상해졌다.

그 순간이 자꾸 생각나고, 의기소침해졌다.

빨래를 천천히 널고, 화초들을 보니 참 예쁘다. 모든 것이 예뻤다.

달래김치

2020년 2월 22일

진도에서 택배가 왔다.

정말 일하기 싫은데, 울엄니는 뭘 또 보내셨을까?

열어보니 "대파, 시금치, 달래"가 들어있다.

달래를 다듬고, 달래김치를 담았다.

김치를 담그면 우리 까실이가 옆에서 기다리며 간을 봐주는데, 역시! 김치는 엄마야! 라고 했다.

밥을 새로 해서 먹으니 달래김치는 너무 맛있었다.

코로나19

2020년 2월 25일

2월 18일 이후 신천지 대구교회의 집단 감염과 청도 대남병원의 확진자가 급증하면서 "중앙재난안전대책본부"의 발표를 매일 보면서 집에만 계속 있게 되는 요즘! 오늘 야탑은 난리가 났다.

대구 신천지 다녀온 25세 청년이 확진 판정이 났다고 발표되었기 때문이다.

"카톡"이 계속 온다.

어디서 살고 있고, 부모님은 어디 사는 지까지 상세하게들 알려주었다.

우리 동네이니 소식이 빠를 수밖에……

딸들에게 당분간 운동 다니지 말고 상황을 보자고 하니 투덜거리고 난리였다. 우리 동네에도 위장하고 있는 신천지 교회가 몇 곳 있다는 이야기를 들어서 너무 불안했다.

하루 종일 뉴스를 봤더니 너무 피곤하고, 핸드폰으로 재난 문자가 올 때 마다 가슴이 철렁 내려앉았다.

용인 확진자가 미금 야탑을 다녀갔다는 뉴스와 동선 공개에 촉각을 세우고 실체도 보이지 않는 바이러스로 인해 많은 사람들이 공포에 떨고 있는 요즘은 삶이 너무 덧없게 여겨졌다.

빨리 백신이 만들어 지기를 간절하게 바라면서, 아무것도 할 수 없고 뉴스만 보는 내가 한심할 뿐이었다.

인스타

2020년 3월 3일

1학기에 잡혀있던 캘리그라피 특강도 취소되고, 외출도 못하는 매일이 아주 오래 된 것처럼 느껴진다.

평상시보다 두 배로 먹물을 따르고, 두 배로 글씨 연습을 했다.

가입한 지 얼마 되지 않았지만 열심히 게시물을 올리고, 인친님들을 늘리면서 응원하고 응원 받으면서 보내는 시간 때문에 하루가 빠르게 지나가서 그나마 다행이다.

캘리그라피 작가님들도 많고, 글 쓰시는 작가님 시인도 많다.

좋은 글들 담아 와서 열심히 연습도 해보고, 올리기도 하면서 인스타가 아직은 서툴지만, 이렇게라도 시간을 보낸다,

매일 만나기도 하고, 만나서 캘리그라피도 함께 연구했던 샘들과도 전혀 연락을 하지 않았다. 잡혀 있던 약속들도 다음에 만나자며 자연스레 취소되었다.

전화를 하는 일도 나쁜 일인 것처럼 하지 않게 되고, 왠지!

멀어지는 느낌이 들었다.

캘리그라피를 안했다면, 무엇을 했을까?

누가 가둔 것도 아닌데, 혹시나 하는 마음에 외출을 안하다보니!

점점 집 안에 나를 스스로 가둔다.

오늘도 인스타로 외출은 이런 생각들을 멈추게 하고, 지루함도 덜어주었다.

수제비

2020년 3월 27일

어제 꽃사슴이랑 진도에 왔다.

까실이는 공부해야 해서 둘이서 왔다.

빗속을 운전하느라 많이 힘들었다. 오늘도 비는 그칠 것 같지 않았다.

그런데 11시쯤 되니, 흐릿한 하늘이지만 비가 그쳤다.

바람은 한겨울처럼 거세게 불었다. 아부지, 엄니, 엄니베프님들은 아부지 차로 이동하고, 나는 꽃사슴이랑 이동해서 십일시에서 만나기로 했다. 꽃사슴이 운전을 하기로 했다. 자주 연수를 시켜줬더니 제법 운전을 했다. 십일시까지 혼자서 내비 보면서 잘 도착했다.

주차도 천천히 잘 하고, 식당으로 들어갔다.

조그마한 식당인데, 여기 수제비가 맛있다고 아부지께서 추천하셨다.

진도는 마스크를 하고 다니지 않았다. 나도 하지 않았다.

마스크 하지 않고, 마음껏 동네를 걸어 다니기 위해서 내려왔다.

수제비가 나왔다. 주문을 하고 왔는데 주문이 빠져 있어서 조금 기다리다가 먹으니 더 맛있었다. 조그만 식당은 손님이 나가기가 바쁘게 테이블이 채워졌다. 코로나19와는 먼 나라의 이야기 같았다.

어른들은 먼저 가시고, 꽃사슴이 운전하고 나는 신선노름 하면서, 진도 여기저기를 구경했다. 신비의 바닷길 방향은 벚꽃이 너무 예뻤다.

꽃사슴과 나는 중간 중간 사진도 찍고, 즐거웠다.

저녁에는 울엄니 정원에 야채들 뜯어다가 맛있게 밥을 먹었다.
얼마만인지! 자유롭게 동네 한 바퀴는 숨 쉬는 것 같았다.

꽃쌈

2020년 3월 28일

장을 봐왔다.

고기랑 집에 없는 야채들, 소스, 라이스페이퍼 등등.

봄동꽃, 진달래도 따왔다.

야채들을 곱게 채 썰고, 꽃쌈할 준비를 마치고, 꽃사슴을 불렀다.

꽃쌈은 꽃사슴 몫이다. 나는 아부지, 엄니, 엄니베프님들을 모셔왔다. 준비해둔 물만두를 먼저 차려 드리고, 꽃쌈도 만들어질 때마다 가져다 드렸다. "오메, 이쁘다. 맛도 겁나게 좋다." 하시며 맛있게 드셔서 꽃사슴과 나도 우리도 좋아해 주시니!

"겁나 좋으요." 하면서 웃었다.

우리 엄니가 특히 맛있게 드셔서 참 기분 좋은 오늘이었다.

꽃사슴과 나는 오늘은 다른 방향으로 드라이브를 다녀왔다.

유채꽃 향기에 취해 보기도 하고, 운전 안하니 사진도 맘껏 찍으면서 오늘도 즐거운 하루를 보냈다. 행복한 밤이다.

봄꽃

2020년 4월 2일

마스크 단단히 하고 탄천을 걸으러 나갔다.

진도에서 자유를 맛보고 오니 벌써! 답답해지기 시작했다.

열심히 걸어서 '사랑방'까지 왔다.

화분 두 개가 있는데, 잘 있는지 궁금하기도 했다. 사랑방에 들어서니 화초들이 물 부족으로 죽어가고 있었다.

물을 듬뿍 주었다.

온 김에 사랑방 청소도 했다. 먼지도 거의 없고, 가끔 들러서 화분에 물만 주고 갔기 때문에 깨끗하다.

불을 끄고 사랑방을 나와 다시 집으로 걸어왔다.

탄천에는 봄꽃들이 활짝 피어 있었다.

집으로 돌아와서 향초에 글씨를 붙이고 열 작업을 했다.

탄천에 봄꽃보다 더 향기가 그윽했다.

하나는 까실 양에게 하나는 꽃사슴에게 주고 나머지는 예쁘게 포장을 했다. 멀리 보내질 향초들이 봄꽃처럼 향기롭다.

낮은곳도
진실을
담아

이벤트

2020년 4월 17일~18일

인스타를 하다가 갑자기 이벤트를 해보고 싶었다.

몇 분이나 참여하겠어! 하며 글을 올렸다.

인스타
124일째
시간도 많고
이벤트 한번
갑니다~

Calligraphy © [illegible] All Rights Reserved.

잎새달 4월이니 주제는 “사월(4월)로 이행시” 참여해 주신 분들 열 분을 심사해서 선물을 보내드리기로 공지했다.

기간은 24시간, 심사는 꽃사슴, 꽃사슴베프, 까실 양, 백련

※캘리그라피 작가님들은 제외(꼭 하시고 싶은 작가님들은 이행시만)

그런데, 많은 인친님들과 캘리 작가님들이 참여해 주셨다.

페이스북도 함께 진행했다.

그동안 응원해주신 분들께 이벤트 핑계 삼아 작은 선물이라도 보내드리고 싶은 마음에서였다.

24시간이 지나고, 참여해주신 분들께 댓글도 달아드리고, 백련 바쁘다며 디엠 빨리 달라고 재촉을 해서 ^^ 주소도 받았다.

24시간 동안 이행시 올라올 때마다 현장에서 글씨 써주기 행사처럼 바로바로 써보는 재미도 있었고, 꼭 참여했으면 좋겠다 하고 내심 바랐던 분들이 참여해주셔서 더 좋았다.

페친 중에는 막내 남동생도 참여했는데, 집으로 직접 선물을 받으러 오라고 하고 웃기도 했다. 이제부터 열심히 선물을 만들어야겠다.

"인스타 16명, 페친 11명" 27명에게 택배를 보내야 해서 며칠은 바쁠 것이다.

꽃으로 오는 소리

2020년 4월 26일

페친 조선의 시인님께서 낭송 시집을 5월 말쯤 출간하신다고 제목을 캘리 글씨로 부탁하셨다.

깨끗한 서체로 부탁하셨는데, 쉽지는 않았다.

드디어 결정이 되었다. 책 표지도 좋아하는 색상을 이미지로 보내주셔서 글씨랑 합치고 보내드렸다.

마음에 드신다고 하시니 다행이다.

술안주

2020년 5월 1일

5월 8일이 평일이어서 미리 어버이날 겸, 맘껏 공기 마시며 보내다가 오려고 출발하려는데, 아침부터 도로가 너무 밀렸다.

1시간, 2시간, 기다리다 도저히 풀릴 기미가 없어 분당에서 오후 2시에 출발해 진도읍에 10시 30분에 도착했다. 작년 명절에 국도를 11시간 운전했던 경험이 있어서 8시간은 할만했다.

편의점에 들러 소주 맥주 골고루 사서 집에 도착하니!

온다는 소식도 없이 왔다고 엄니가 뭐라 하셨다.

걱정하실까봐 안했지요! 라고 말하니 웃으셨다.

서울 이모도 온다 했는데, 언제 올 지 모르겠다고 걱정 하셔서 이모에게 전화를 걸었다. 진도읍에 도착하셨다고 했다.

이모랑 이모 친구랑 같이 오셨다고 해서 열심히 안주를 만들었다.

이모가 택시에서 내렸다. 이모 친구도 마침 아는 이모여서 우리는 새벽 늦게까지 술시였다.

내일은 두 이모님 진도 관광시켜 드리기로 해서 마무리 하고 이모들은 자러 들어가시고, 나는 꽃사슴이랑 동네 입구 가로등 불빛 동무삼아 도란도란 거리다 방으로 들어왔다. 내일은 동생들 내려오고, 진도 이모네까지 모이면 큰 방이 가득 찰 것이다.

며칠 동안 즐겁게 지내다 올라가야겠다.

꽉 차는 밤이다.

꿈을 샀다

2020년 5월 27일

이제는 예방수칙 잘 지키며 조금만 지나면 코로나19도 사라지겠지! 하고 있으면 이태원클럽, 물류센터…… 아고!

한숨만 나온다. 나도 이런데, 의료진, 종사자, 중앙재난안전대책본부에 계시는 분들은 얼마나 힘드실까!

답답하니 "먹"을 가득 따랐다. 인친님들 글이나 써보자 하고!

서미영 작가님의 좋은날을 연습하고 있는데, 꽃사슴이 엄마! "꿈" 사실래요? 하면서 웃는다. 나는 단번에 알아차렸다.

그래? 그럼 로또 한 장 사 와! 지금!

그랬더니 바로 다녀왔다.

나: 꿈 파시겠어요?

꽃사슴: 네!

나: 좋은 꿈 맞지요?

꽃사슴: 네!

나: 그럼 사겠습니다.

꽃사슴에게 로또 복권을 받고 꿈 값을 후하게 주었다.

그랬더니 글씨가 더 잘 써진다.

지갑에 넣어둔 "꿈"은 풍성해졌으면 좋겠다.

갑자기 니가 보고 싶을 때
힘껏
길을 잡아당기면
출렁출렁
그리운 니가
내게 안겨온다

'난 빨강' 중에서(박성우)

나는 뻔뻔하게 살기로 했다

허정아 지음

발 행 처 · 도서출판 청어
발 행 인 · 이영철
영 업 · 이동호
홍 보 · 천성래
기 획 · 남기환
편 집 · 방세화
디 자 인 · 이수빈 | 김영은
제작이사 · 공병한
인 쇄 · 두리터

등 록 · 1999년 5월 3일(제1999-00063호)

1판 1쇄 발행 · 2020년 7월 20일

주소 · 서울특별시 서초구 남부순환로 364길 8-15 동일빌딩 2층
대표전화 · 02-586-0477
팩시밀리 · 0303-0942-0478

홈페이지 · www.chungeobook.com
E-mail · ppi20@hanmail.net
ISBN · 979-11-5860-865-1(03810)

이 책의 저작권은 저자와 도서출판 청어에 있습니다.
무단 전재 및 복제를 금합니다.

이 도서의 국립중앙도서관 출판시도서목록(CIP)은 서지정보유통지원시스템 홈페이지(http://seoji.nl.go.kr)와 국가자료공동목록시스템(http://www.nl.go.kr/kolisnet)에서 이용하실 수 있습니다.(CIP제어번호: CIP2020027460)